XUE
雪
霖
LIN

香草美人

赵文琴◎著

安徽师范大学出版社

ANHUI NORMAL UNIVERSITY PRESS

· 芜湖 ·

图书在版编目(CIP)数据

香草美人 / 赵文琴著. — 芜湖：安徽师范大学出版社，2019.9
ISBN 978-7-5676-3968-3

Ⅰ.①香… Ⅱ.①赵… Ⅲ.①散文集 – 中国 – 当代 Ⅳ.①I267

中国版本图书馆CIP数据核字(2019)第035231号

香草美人
XIANGCAO–MEIREN

赵文琴◎著

责任编辑：胡志恒　刘　佳
装帧设计：丁奕奕
出版发行：安徽师范大学出版社
　　　　　芜湖市九华南路189号安徽师范大学花津校区　　　邮政编码：241002
网　　址：http://www.ahnupress.com
发 行 部：0553-3883578　5910327　5910310(传真)
印　　刷：江苏凤凰数码印务有限公司
版　　次：2019年9月第1版
印　　次：2019年9月第1次印刷
开　　本：700 mm×1000 mm　1/16
印　　张：12
字　　数：187千字
书　　号：ISBN 978-7-5676-3968-3
定　　价：42.00元

观照自我　与心灵对话

去美国过春节的赵文琴，心里没有落下《香草美人》，隔着大洋发来这些文字，让我给写个序。

这应该是一本熏风兰香的修心文集，一本可触可抚的人生启示录。朴素，涵蕴，而又清宁。

自屈原创立"楚辞"文体，将诸多香草挪入《离骚》装饰并渲染美人意象以来，香草美人就成为古往今来诗文中一种人格与理想，成为中国文学一个源远流长的传统。"惟草木之零落兮，恐美人之迟暮"，赵文琴却没有缘此触物起兴，渲染宏幽，明了心志遥寄苍茫，而是给自己铺陈了一段段温软时光，让灵魂之花安静地绽放……同样是寓情于物，见物知人，构成一个个象征体。

时光依旧，而人事常新，凡于日常生活层面作采撷和挖掘，行文的景致里，自有诸多感受和领悟。赵文琴具备了一个写字人所需的情愫，书的映照，惠泽了她的那份从容与端凝，让她在女性的细腻与明媚之外，更有了温润的人文情怀。

红尘攘攘，驻足于行走的空隙间，有这些委婉清丽的文字可以抚慰我们的心灵，真好！

好的散文，摆脱了创作意识，萌发于性情，表白的是心迹，更是一个人个性与品质的综合体现。我们在阅读时，除了欣赏文章本身，还可以藉此了解作者，走进她的内心深处，知晓那些参差荇菜、撑舟中流、清风朗月、子夜吴歌，还有美酒与红颜、戏曲与旧梦、青丝与白发、拥抱与热泪、歌声与忧伤、流连与割舍、感恩与呼唤……毕竟，散文是容易上手的文体，也极易营造有温度的、湿润的话语现场。只管从生存体会或心理感受出发，一些花落水流、缘生缘灭的日常叙述，便构成了这部书认知自我、确立自我的层面。"心香一瓣""草木心思""落英缤纷""履痕处处""苍山横翠"……赵文琴就是这样用秀气成采的文字编成一个个花环，铺在她曾经走过的路上。一个人的生存状态，其实就是陈列在大地上的诗和远方。

且不说什么美人迟暮、青山绵延，也不论寂地如何花殇，一昼能否看尽春秋……一般而言，能写出剖析人性、追问意义和解读生命本质、探索苦难意识的思辨性大文化散文的女性少之又少，但是她们却注重细节的完美，擅操那种胸襟滋润、芳香扑面的灵秀语言，尤其长于从自己的生命体验里导引出独特感悟，投石入水，荡起圈圈涟漪。

是啊，总有那么一些经历，长期占据心头，不能说放下就放下，因为这些经历影响了我们的一生。

《香草美人》中有大量凝神静思、透悟人生的篇章，文字清雅自许，如堤柳含烟，如古潭月影。在沉默中面对，与世俗保持距离，方能遥寄"心香一瓣"。春风一度，微风不噪，亲近自然，和命运结伴而行，那些村落，那些乡径，那些田野和远处的山峦，天地间一片绚丽，自然微妙惊叹，需要由衷赞美。

第二辑"草木心思"里，《遥想一枝梅》《又是杨柳依依时》《梧桐深处》《人在草木间》，都是基于人与生命、人与自我、人与自然的关系，而生发出的体悟与禅思。芦苇飞翠时，寂寞的不只是《越人歌》啊，在这里，古典意境转化成了文化的乡愁。

第三辑"落英缤纷"，似乎尽写女人，《女人如花花似梦》，"开不完的花朵，望不尽的红颜，每个女人都应以独自的姿态绽放，在梦一般美好的素衣锦年里，美丽而无辜。"若说女人如花，倒不如说西风多少恨吹不散眉弯！韶光易逝，霎时芳华，但我们却可以秉承阅读的初心，抵抗世俗物欲，并让思絮穿越时空，用皈依的灵魂交换瑰丽与沧桑。《细思量》《邂逅》《日长蝴蝶飞》《月下》《一笔在手 今夕何夕》……人生贵在行胸臆，这些篇章，入思的角度、情感的浓度、语言的精度，都能带给人启迪。当然，其中也不乏一些轻松调侃的妙语，如"两件事最可乐，一是数钱，二是闲望"，还有"来戈喽""特条子"这样让人忍俊不禁的方言俚音。而另一类言诠，展示的则是女人的心理、男人的思维了："'无人与我立黄昏'，有渴望搭伙过日子的意思，还有点入世的意思，而'孤标傲世偕谁隐'，则是烟火之外的精神洁癖，最终滑向的是孤独。"高山流水，寻一世的知音，这话，是否亦如"瓷器般脆弱，轻易不要提起，更是要轻轻放下，否则，碎了，则是一地不可收拾的狼藉……"洞见人性的幽微，便是冰雪般透彻。苍天九泉，怜爱自珍！

伫足尘世之繁杂，方证行于山水之纯粹。这类散文随笔集，不可少了记行。旅游不只是行走，更是与自己心灵签约、与世界温柔相依的过程。编入第四辑"履痕处处"中，自然有周庄、丽江和斜阳疏柳的姑苏，看海边日落，讲述成都的梅子酒，甚至还写到我曾教过十年书的青弋江边古镇西河，把一路细敏的观察和体悟收纳于片片纸页。讲到在美国过春节，"华裔的毛竹"可谓点睛之妙。而作为公务人员出境，组织上少不了一番交代：在外要注意修养，展示来自礼仪之邦的文明风貌……更让人莞尔。

第五辑"苍山横翠"，又回到秋日私语的时空，《红尘里开满寂寞的花》《盖一枚岁月的印章》《花媚玉人面》，年华逝去，岁月无声。我尤其感动了《人生就是一次次的日送》，一条时光河流，幽深辽阔，泛着淡淡忧伤和融融暖意，却不必问所从来。"生命中，总有些人静静地来，有些人悄悄地去……"我们前仆后继涉水而过，驻足抬首目送前行的，回顾身后的，自己同时也被身前、身后人注目挥送。来路无始，去路无终，读一读幽微写尽的《如初遇 如永诀》吧，那是对时光的无言，对生命的目送："人一路走来，风雨雷电，看似光鲜的外表，其实遍布暗伤，最怕离散，最怕孤单，但是，总有离散，总有孤单。"所以，我们才要分外"怜取眼前人"！当所有的心思都融入时空，便有了悠长的史脉艺绪，"温茶一握，任岁月如梭，于不动声色中，饮尽沧桑"。生命的况味，平和，恬淡，犹如秋末午后的阳光，细心揣摩，更让你感受到著述者的智慧与含蓄、宁谧与清远。

优美的文字，就是一个人灵魂的香气。这种富于个人魅力的细腻笔触，只能属于一个女性作家。

我们所需要的，是如何从别人的文字中汲取优雅和安宁，来洗去人世跋涉的尘土与疲惫。当然，散文的最高境界，除了心灵的抚慰，更要有思想的酣畅，不能仅止步于闲适小文。我相信，读者们自会有更好品评。

文学圈总是在忧心忡忡地谈论文学边缘化，其实，未必要去管这些，你写的是你的生活、经历和思考，能否被看重，那是别人的事。岁月不居，时节如流，铭记我们的，只有那些同样喜欢铭记的人。

而境界，只有在独处、静思与安静时方有体现。许多时候，日子就是每天重复着，我们不断得到一些东西，也丢失了很多东西，一生中有放弃也有坚守。写作是一个让人心疼的梦，梦里许多女子早已走散……当初所见，那么遥不可及。但是，就像初夏到来，天上的云儿飘着，阳光闪闪发亮，江南的水边开满白檀，奋力生长，散发香气。

人间一切图景聚于眼前，滤于心中，换成文字，铺陈书间。

感受着清新空灵的阅读，是美妙的！

此为序。

谈正衡
戊戌腊尽除夕前写于江城芜湖

香气萦绕的植物词典

　　戊戌年的夏天特别热，让人有种躲无可躲的感觉。好在赵文琴女士及时给我发了她的散文集《香草美人》，让我在炎热中静下心来，以一种舒适的姿态，去拜读那一篇篇优雅清丽的文字。

　　《香草美人》这部文集首先是一部读书人的书。作者赵文琴的生活是可以用"读"来概括的。她读古民歌，读《越人歌》《孔雀东南飞》《子夜歌》和《木兰辞》；她读"风""骚"，读《诗经》《楚辞》；她读唐诗宋词，读《全唐诗》《明月之诗》《漱玉词》；她读戏曲戏剧，读《西厢记》《牡丹亭》《休丁香》《碧玉簪》；她也读小说，读《红楼梦》《美人鱼》《悲惨世界》《请以你的名字呼唤我》《傲慢与偏见》；等等。当然这些都只是挂一漏万的统计。从面上来说，她既读中国的，也读外国的；从时间上来说，她既读古人的经典，也读今人的新作。但总体上来看，她所读的以中国古代的诗词歌赋为主，以中国古代文学经典为主。从这些篇目里，我得以一窥赵文琴的知识结构，也得以一窥她的情趣爱好。她所读的这些诗词歌赋，大多是我熟悉的，但是也有不少是我所陌生的。我在佩服赵文琴阅读面之广的同时，更佩服她阅读的纯粹。

赵文琴这部文集中的很多作品，看上去很像读后感，但是，却是以各色"香草美人"作为起兴的起点的。我大体搜索归纳了一下，大体有如下这些：牡丹（《一枝红艳露凝香》）、梅花（《遥想一枝梅》）、柳枝（《又是杨柳依依时》）、小草（《小草情思》）、桑葚（《桑葚累累》）、梧桐（《梧桐深处》）、荷花（《荷月的荷》）、荼蘼（《开到荼蘼花事了》）、玉兰（《家有玉兰》）、桃花（《陌上桃花一树春》）、葵花（《仙掌郁金衣》）、百合花等药用植物（《草木的心思》）以及各色花花草草（《花花草草逢春生》）。我们常说花鸟虫鱼，赵文琴所歌咏的大多是草木等植物，很少涉及虫鱼等动物。我禁不住想问：为什么呢？在书写这些花花草草的时候，赵文琴总是不可遏止地流出她读书人的本性。她总能找到各种由头，比如家居，比如旅游，比如突发奇想，比如望着蓝天发呆，都能勾起她对于这些植物们的遐想。她在书写这些植物们的时候，她除了搜求自己的记忆之外，就是将中外古今的诗词歌赋的句子，将各种知识，源源不断地引入她对花草们的情思之中。如此的写法，让她的花草们，这些自然中物质化的植物们，都有了文化的、精神的纵深感，尤其是有了故事，有了命运，有了让人牵挂和令人心生呵护之情的喜怒哀乐。这真是一部演着人生戏剧的植物词典啊！

赵文琴的这部文集的读书人的本性，还体现在她由解词入手潜入诗词境界抒发人生感慨的叙述方法。在《香草美人》中，她对屈原的想象就是从对"江离"这一个词的解释切入的；而《从此无心爱良夜》开场就解读对联"使君子兰朝白午红暮紫，虞美人草春青夏绿秋黄"，由香草想到美人，想到美人的命运，然后将霍小玉的风流凄惨的故事演绎了出来；尤其是《细思量》《羞答答》两篇，虽然有词典风格，但她解释起来演绎起来，简直让我忍俊不禁，趣味横生，越想越觉得好玩。那种女性面对情感冲击时微妙心理，在欲说还休中，泄露无疑。而《就这样安静地想着一个人》则是从乐府《子夜歌》之"子夜"开始说起的，通过有关"子夜"是否是一个女人的名字，而引出了罗敷、刘兰芝。还比如《喜欢方块字》就从对方块字的好奇，而引发对字义的解释与联想。这样的例子在文集中可以说比比皆是，诸如《草木的心思》中对"药"字的解释、《邂逅》中对"邂逅"的解释、《孤标傲世偕谁隐》中对"闲"的拆字，不一而足。这种解词的癖好同样表现在"履痕处处"中的一组旅游散文上。在这一辑中，我看到了作者去过的地方，诸如海南、周庄、成都、苏州、婺源、中山、丽江等。顺着这些地点，我完全可以给她画出一幅行止图。这些地方我大都去过，但我怎么没能够写出记游的文字呢？因为我缺少了文琴那颗发现世界的心，和对世界充满好奇的心。她也会如所有的旅游散文一样偶尔对山水做描绘，但她更注重做人文历史典故的考察，对女性情感的遐想。

说实话，赵文琴是有点掉书袋的女作家，但她的行文意图又显然不在于解释这些词汇，而在于发掘这些词汇所隐藏或者蕴涵着的历史幽思和风花雪月。赵文琴的散文对知识性叙述的大量引入，多多少少还是给人以迂腐的感觉的，还记得那个孔乙己吗？但是，当我仔细地将她所解释的"词"加以归纳分类的时候，我不仅看到了她身为女人的内心深处的人生况味，也读到了她对于世界的可解释性的不懈探索和"较真"。

赵文琴的散文虽然涉及面比较广，但她的抒情和叙述总有一个重心在，可以称之"秤砣原理"，那就是女性主义。也就是说不管她写什么，读什么，从哪里说起，或者最终要说什么，她的那个叙述重心都会像秤砣一样把文章拉向女性的故事或女性的感受上来。开卷第一篇《唐诗红颜》，就从唐诗开始读起。她由江南的冬天的"瘦"想到了唐诗里的男人，诸如李白之流的风流潇洒，但她很快就越过他们，抵达了她最为心仪的红颜们的诗词现场。于是，她专心致志地读起了崔莺莺、薛涛、宜芬公主的诗词，与其说她在读她们的诗词，不如说她在读着她们的人生。她由薛涛们的身世，或离国戍边或为情人背弃而一感三叹起来。为什么作者如此地多情善感起来了呢？只因为身为女人而感同身受啊。而在读《诗经》的时候，文琴依然是这个路数。她即兴也似乎漫不经心地借《硕鼠》篇讽喻一下现实中的贪官污吏，《诗经》里的大河滔滔杨柳依依，然后很准确地抵达了那令人心旷神怡的"肤如凝脂，手如柔荑""采薇采薇，薇亦柔止"的诗歌境界。她如一个少女一般仔细品味着其中的植物的名字，品味着优美的名字所暗示的曲折的爱情故事。而《香草美人》篇则在归纳了中国古代诗人喜欢香草美人的现象之后，回溯到浪漫主义诗人屈原那里，在赞美了屈原大夫爱国赴死的情怀之后，她毫不吝惜将自己的情感漫向屈原用以自喻喻人的花花草草，那自古以来都被作为女性符号的花花草草们，尤其是那棵据说就是芜荽的"江离"的江边植物。就是在旅游中，也基本还是这个路径。如游成都，她一下子就被梅子酒所吸引，然后就忘记了成都，专心致志地写她的江南的梅子和酒了，写起了酒和女人。这样的文字完全暴露了她的江南小女人敏感于舌尖上感觉的癖好。还有那篇写游览美国亚利桑那羚羊谷的文字，对羚羊谷的自然人文，她虽然也有着墨，但即刻就为一个小伙子所送的所谓的"捕梦网"所捕捉，而沉浸在了有关印第安人生活的联想里，几乎是忘了归程。

这样的女性中心论下的"神游"，还体现在语言修辞上。《月下》将冬天的夜晚比喻成"一阕婉约的宋词"，而"有月亮点缀的夜晚是美丽的，而这样的夜晚更少不了诗的点缀，这比如美人簪花，相得益彰"。为什么"诗的点缀"一定是"美人簪花"呢?! 要是想到作者的女性身份，也就释然了。还有一个很典型的女性的修辞的例证，那就是《家有玉兰》中一个神奇的张爱玲式的比喻："这时，我就在想，这冬原本是连着春的，难不成这夏天插足了冬春之间，伤了春天的心，才有了这春天的泪雨涟涟。"季节中的"夏天"居然成了现实生活中的"小三"，也是太诙谐，跨度太大了吧。同样，当我联想到作者的性别身份，以及这种身份之后的文化忧虑时，我便在这种兜兜转转之中，认可了这样奇妙的修辞，而且为之拍案叫绝。

赵文琴的女性中心论，导致在她的文集里很少写男性，通篇数来，只有三篇半，一篇是《寂寞的葡萄》写了徐渭，另一篇是《想起陶渊明》写了陶渊明，而《寻一世的知音》看上去是写蔡锷的，实际上却是写小凤仙的。而女性诗人才子的故事却比比皆是。《花自飘零水自流》写的李清照的故事,《从此无心爱良夜》写霍小玉的风流凄婉,《品读〈低眉〉》品读的是女作家钱红丽的作品,《女人如花花似梦》则写了虞姬、杨贵妃的红颜薄命;《女人与酒》写了女人与酒的关系,写女人饮酒的优雅;《关于美女》讨论了古代的美女以及提高美人的精神素质;《细思量》中研究崔莺莺、杜丽娘面对薄情郎的细思量;《想起林黛玉》专门品评起林黛玉的为人人品。赵文琴的女性中心论当然也把自己囊括了进去。《邂逅》中邂逅自己的梦以及在黄山老街邂逅一种叫作“当归”的中草药而引发的归思;《闲望》写自己的发呆和闲望,将自己的闲望与数钱并称为人生两大乐事;《人在草木间》写她自己喝茶的嗜好;《一笔在手 今夕何夕》写书法的雅趣;《午后的咖啡》写自己午后喝咖啡的遐想;《日长蝴蝶飞》借庄生梦蝶写女人的“自度”和对佛法的感悟;《母亲是驻足人间的天使》写母亲的无私。

赵文琴在关于女性的自我书写中,还提炼出许多有关女人的生活哲学。聊举一例:“我一直认为,女性或许都应该有一点林黛玉的影子,以泅渡的姿态追逐梦想,于寂寞中,在岁月的枝丫上结出生命的果实,沉着,厚重。”再举一例。她在《在文字中奔走》中说:“心中只有物质的人,买书时买的是纸,而读书的人买的才是书。”这一点与我的感受非常相似。有的富豪家里陈列了许多的书,但是他一本都没有读过,书不过是陈列品而已。当然作者对买书的行为分析,不仅是女性的,也是有关所有读书人的。

赵文琴的散文是有古风韵味的。我所说的古风,倒不是今人去说古人的话,而是将中国古代的诗词歌赋,随手拈来,化作抒情达意的骨子和情调。赵文琴的散文是有女人性的。我所说的女人性,倒不是身体上的,而是精神层面的修养上的优雅,一个饱读诗书的女人所显露出的温文尔雅的行止和话语。在这样的女人性里面,当然包含儿女情长英雄气短的偏柔偏软的情节剧的浪漫。

在立秋后的一天,我写下了以上关于赵文琴女士散文的几行文字。秋天已经到来,而酷热依然苦苦纠缠。《香草美人》的文字虽然清凉,但也难挡秋老虎的血盆大口。但不管怎样,能在这个喧嚣时代,读到如此精致而宁静的文字，还是非常幸运的。

是为序。

方维保

二〇一九年一月二十日

目录

辑一 心香一瓣

唐诗红颜

　　江南的冬是瘦的。山瘦了，花草树木都褪去了华美的衣裳，憔悴地蛰伏着，守望着来年的春梦；水瘦了，丰腴的身段成了瘦水一痕；风也瘦了，瘦出了骨头，刮到人脸上刺骨地疼。但是，这样的瘦，也是瘦出了一种风致，有凛冽的清气，如梅花，是疏枝横波，也有暗香袭人。当"江南无所有，聊赠一枝春"的诗句出现在世人面前时，从此，江南的季节，除了瘦山瘦水，还有了唐诗的风韵。

　　有人说过，世界上不缺少美，缺少的是发现美的眼睛。翻看《全唐诗》，就会发现，在唐朝，万物皆是美，万物皆成诗，想来，那是一个善于发现美的时代，回溯岁月的长河，李白散发所弄的扁舟，永远停泊在诗歌盛世、恢宏繁盛的唐朝。岁月悠悠，多少沙场厮杀，多少富贵功名都消失在历史的烟尘里，而唐诗仍在，在江枫渔火的愁绪里，在清泉石上流的幽静里。而西窗剪烛，巴山夜雨的相知，就这样火光灼灼地照亮着唐朝的诗句，抚慰着世人种种的离愁别绪。

　　唐诗里的酒很冷辣，让人豪情满怀。吟出"百年三万六千日，一日须倾三百杯"的李白，他遇见的是不能成全他梦想的君王，他也不愿折腰低眉事权贵，只有手持青锋三尺，豪饮杜康千杯，携清风几缕，邀明月入怀，就这样，朗月醉卧红尘，豪气震彻千古。唐朝的月很温柔，春江花月夜里，张若虚望见了月亮，写出了人生短促而月永恒的感慨，那床前的月，是故乡的霜，是月下独酌时共舞的朋友，是寂寞时对影而成的三人。

唐诗里还有很多红颜。那些唐朝女子用力透纸背的深情，去抒写自己的生活。读她们的诗，好似打开了胭脂的锦盒，氤氲香气中，字字都是春夜染襟的红粉泪。痴情是"待月西厢下，迎风户半开"中的崔莺莺，银色的月光洒在花朵般的等候者的衣襟上，裙裾飘袅，远远的地方传来琴音铮铮，那是冰清玉洁的初恋。这样纯粹美好的爱情，真的适合供养在爱的圣殿里，放在时间的缝隙里去膜拜，去怀想。

"一入深宫里，无由得见春。题诗花叶上，寄与接流人。"这是唐德宗时的一个宫女，题在一片花瓣上的诗，她希望随水漂出宫外的花瓣，能为自己找到一个郎君，看来，即使深宫禁苑也阻止不了追逐幸福的脚步。

当然也有悲伤，"沙塞容颜尽，边隅粉黛残，妾心何所断，他日望长安"。这是和亲的宜芬公主，在别离长安行至虚池驿时发出的哀叹，六个月后，她就被反叛的奚族杀掉祭旗，血染黄沙，无辜的生命像树叶般飘逝，那一刻，天地间一定充斥着大痛大悲的哀声，或许，那是盛唐从此走向衰败的落幕曲吧。

还有薛涛，这个被称为"扫眉才子"的诗坛才女，是全唐诗里最耀眼的红颜，有着罂粟花一般的美，带着点巫气，迷人迷心，可见，有些太美的东西是有毒的，比如爱情，中了它的毒是无药可解的。作为官妓的薛涛，与达官贵人诗词唱和，迎来送往，让别人中毒，但是，最终，薛涛也是中了元稹的毒，"双栖绿池上，朝暮共飞还。更忆将雏日，同心莲叶间"，这是她写给元稹的痴情表白，但是，元稹撩拨了薛涛的心，却终究没有给她一个归宿，情不可依，色不可待，这样的爱对薛涛来说，终究还是不幸的。

《全唐诗》里的红颜，她们不曾离去，她们掩在唐诗的背后，在被阅读时诗意地重生，如牡丹般次第盛开，在时间的另一边，芳菲不老。

你好，《诗经》

　　有的书适合默读，在凝神注目中，体会作者块垒在胸、澎湃成章的才情，而《诗经》，则绝对适合诵读，读着读着，仿佛，上古的风携着《风》《雅》《颂》，从时间的深处溯水而来，而在晨曦居住的河水里，白露与兼葭相遇，绿草依旧苍苍。

　　《诗经》里那些神秘如卦辞般的诗名，如湛露、玄鸟等，那般深奥，给人以烟火之外的感觉。其实，《诗经》里有一大部分是民歌的集结，它们来自先民们在劳作中的吟唱，感情朴素而真挚，像麦垛一般结实。《诗经》里有大河滔滔，炊烟袅袅，有野生的植物，有思念和欢乐，还有那些爱情，如初春新绿的柳枝般清新，轻轻一掐，渗出绿水，苍翠可人。《诗经》是香火，是一种传承，它越过西周的柴扉，携着唐风宋月，氤氲而来，在有意无意间，我们的心都会被它深深地抚摸。在今天，人们会说，"莫伸手，伸手必被捉"，而不是说"硕鼠硕鼠，勿食我黍"，这其实是我们以另外一种吟唱的方式与《诗经》遥遥相对，心意相通，即使中间隔着几千年的旧光阴。

　　民歌里的情感总是那么直白，大喜或大悲。大喜是锣鼓喧天的热烈，花要大红，叶要大绿，不惊心动魄不算完。而民歌一旦哀伤起来，那哀伤是痛彻心扉的，那是寒冬腊月的夜，沾到夜半三更的水，渗到骨子里的痛。"昔我往矣，杨柳依依。今我来思，雨雪霏霏。行道迟迟，载渴载饥。我心伤悲，莫知我哀。"这诗写的是战后幸存的征人，于归途中抚今追昔的感慨，他想念离别时的青翠枝条，倚门而望的家人，而今几经寒暑，雨雪纷飞羁绊了他归来的脚步，独自凄凉！一个征夫的伤口裸露在《诗经》的章节里，看来，多少王者的沙场战功，都抵不上征夫们这一声幽幽的叹息。

读《诗经》，常常要忍不住感慨，是我眼拙还是环境的破坏，那些美丽的植物，它们都去了哪里？或者，它们披着美丽的外衣，混迹于《诗经》而将人迷惑了。"手如柔荑，肤如凝脂"，这荑是初生的茅草；"采薇采薇，薇亦柔止"，薇是春天里漫山遍野的野豌豆苗，搞懂了这层意思，薇立刻从云端跌到地面；"参差荇菜，左右流之"，皓腕粉指的佳人，在清亮的河水边，左一下右一下，摘着荇菜，而远处雎鸠关关。据考证，荇菜被认为是浮萍的一种。读懂这些句子时，心像是被什么东西轻轻击打了一下，有些失望，就像你欣赏的一个女孩，喊她梅馨久了，可突然知道她在家里是被唤作腊香的，反差太大。可是，再细细回味，这些美丽的名字，饱含着先民的智慧，给后人增添了多少诗意啊，以至于现在漫步田野时，再看那些植物，简直就像是在看野地里生长的《诗经》了。

《诗经》还喜欢用植物来比兴爱情。"彼采葛兮，一日不见，如三月兮"，葛见证了那些乌鬓布衣的女子河水涣涣的情感；"蒹葭苍苍，白露为霜，所谓伊人，在水一方"，这是一个思念的时刻，芦苇拂过衣襟，白露打湿诺言，芦舟向晚，鸟儿眠寂，惆怅的人儿无法入睡；"静女其娈，贻我彤管"，一支红色芦管，就能让深陷爱恋的人那么快乐，这些纯净的爱，滋养着青葱的年华，看来，爱情从来无关物质，只与两情相悦有关。

读《诗经》，能让人心里产生一些没有膨胀的骄傲，收获一些没有虚浮的真诚，春耕秋种的土地上发生的故事，都安放在这本书里，纵然古今千年，一字一句仍能触及灵魂，让人感念不已。

香草美人

一直认为，花朵是自然界里最温柔的一群，花开自在，飘落无言，让喧嚣的尘世有了清淡的芬芳，其或娇或洁或幽的气质，抚愈着人们偶尔脆弱的心灵。由此，世有痴情人，独爱它们，在温柔的时光里与之相守。林和靖以梅为妻，陶渊明钟情菊花，周敦颐挖池养莲，与莲花结为知己，而屈原，这个不流于俗的诗人，则只爱那香草，也许，只有这香草，才能寄托他高洁的灵魂吧。

屈原以香草自喻，说到底还是孤独，满腹才华不被理解，只留一怀清寂，交由自己担当。也因了孤独，他写下了《离骚》《湘夫人》等佳作，尽显楚辞风华，而此后厚重的汉赋，华丽的骈文，庄重的七言诗，都由此传承而来，真所谓"其衣被词人，非一代也"。诗中引用的香草，如芷兰、麝桂、杜若等，虽不能掩盖屈原心中彷徨的忧伤，但是，在我看来，这些香草，不仅是诗人高尚品格的象征，更像是飘落在历史长河上的片片落英，它飘过屈原行走的汨罗水，穿越陶渊明悠然见南山的丛菊，吻过苏东坡把酒临风的杯盏，拂过江州司马白居易的青衫，成为中国文学天空最辉煌的一抹烟霞。

有些字词，读起来，有种枫叶荻花黯然别的意境，全是寂寞。"江离"就是。"江离"在《离骚》的开篇中出现，"扈江离与辟芷兮，纫秋兰以为佩"。这株生长在江边的植物，见证了屈原披发徘徊于江边的身影。江离，古时又称蘼芜、川芎，芫荽俗称香菜的也是其中的一种。而当它被称作"江离"的时候，就有了惜别的意味，江是绵绵无期的挂恋，离是紧紧拥抱后的放手，从此两两相忘。彼时的屈原，爱着楚国，爱民爱君，因被小人排挤而遭放逐，那种激荡的忧郁化成了一支火烛，煎熬着内心。这株"江离"充分表达了他的思绪，虽神色枯槁却内心笃定，饱受打击却不移心性，爱到深处，就不再有得到或失去的计较，只有投江明志，与这世界再无往来。屈原以一颗诗心感悟世界，最终以诗心在江中别离这个世界，在我看来，从汨罗江上溯历史长河，中华文明在这里获得了一份最厚重的奠基。

如果说《诗经》是成年人的儿歌，在一唱三叹中，缓缓地抒发着人间的那些美好，那么屈原的《离骚》《天问》等则像是檄文，如疾风暴雨，控诉人间种种不平，让人情绪激动。幸好有这些香草美人，平复了一切的激荡，让人漫步其间，草香萦怀。"惟草木之零落兮，恐美人之迟暮"，是诗人表达时不我待却报国无门的遗憾；"朝饮木兰之坠露兮，夕餐秋菊之落英"，以花洗心，自喻精神的高洁。而《楚辞》里最悱恻多情的独白，是来自《山鬼》。山鬼是指山中的女神，"若有人兮山之阿，被薜荔兮带女萝……乘赤豹兮从文狸，辛夷车兮结桂旗。被石兰兮带杜衡，折芳馨兮遗所思"。身披薜荔腰束女萝的女神，乘着赤豹花狸拉着的车，从山中施施而来，身边辛夷花环绕，桂花做的旗帜在风中猎猎招展，女神盼守着爽约的爱人，幽怨又孤独。在这里，屈原以香草美人自喻，他在无尽的等待中，却等不来重用他的君王，自己如此美丽高洁，君王他却只是让自己独自惆怅。说的是怀才不遇，又好像说的是单相思，爱着却没有回报的绝望。

想起刘勰在《文心雕龙》中对《楚辞》的评价，"故才高者菀其鸿裁，中巧者猎其艳辞，吟讽者衔其山川，童蒙者拾其香草"。不禁一笑，在这恢宏的《楚辞》面前，我就是个只识香草的孩童，可谁又能骄傲地说自己不是呢？

从此无心爱良夜

　　中国字是含蓄的，有时淡淡的几个字包含着很深的意蕴。比如这副对联，"使君子兰朝白午红暮紫，虞美人草春青夏绿秋黄"，看似描述的是植物的特性，但是，仔细想来，说的何尝不是人呢？这副对联说的是，男人女人都是易变的，只不过，有些男人变的是心，就像这使君子花般一日三变，而女人变的是容颜，刹那芳华，三季就老去了容颜走到了冬。当易变的男女相遇时，总有一些惊心动魄的故事发生，比如李益和霍小玉。

　　李益是唐代著名诗人，冠以"大历十才子"之一的才名。他的诗，"几处吹箛明月夜，何人倚剑白云天"，有着李白诗歌的豪放大气；他写的边塞诗，"不知何处吹芦管，一夜征人尽望乡"，雄浑有力。他的闺情诗写得幽怨婉转，被长安乐坊的歌姬们竞相传唱，而在这些歌姬中，霍小玉唱李益的诗格外传神。一个写诗，一个吟唱，冥冥中，两人之间似乎有着神秘的牵扯，相遇似乎是命中注定的。

　　据传说，霍小玉时为二八年华，生得明艳无比，一次乐坊同席，霍小玉唱了李益的《江南曲》，"早知潮有信，嫁与弄潮儿"，一吟三叹，如大珠小珠落玉盘，一声一声敲开了李益的心扉，满堂花醉，都不敌霍小玉兰花般的清幽，才子佳人一见倾心。如果说，爱情是人生的一个渡口，那么，李益和霍小玉像是两朵艳丽的芙蕖，在此相逢，花开并蒂，满心欢喜，那欢喜是春夜喜雨，隆重而绵密。

然而，欢愉时短，离别很快来临。朝廷派李益外出为官，临别时，霍小玉不舍又惶恐，怕郎君一去不回，为消除霍小玉的犹疑，李益挥笔在素绫上写下婚书，"明春三月，迎娶佳人，郑县团聚，永不分离"。霍小玉拿着这一承诺，以为拿到了幸福的保证，日盼夜盼，盼着自己穿着霞帔，做他的新娘。

在思念的煎熬中过了一年的霍小玉，却得知李益已娶，誓言在耳，却爱弛人散，霍小玉一病不起，命如游丝，她是那么恨，当初爱有多深，恨就有多切。那些曾经的缠绵，犹如一根根刺扎在心里，她要拔出来，扎向李益，从此两不相欠。临终前的霍小玉，对受挟持而来的李益，发出了她的毒誓，"我为女子……韶颜稚齿，饮恨而终……我死之后，必为厉鬼，使君妻妾，终日不安"。这话，绝情，绝人，也是与天地绝。

霍小玉离世后，李益虽官至尚书，但是，他并不幸福。因霍小玉绝色早夭，世人痛惜，遂鄙视李益的薄幸，由此，薄幸之名掩盖了他的才名。也许因霍小玉的诅咒，他精神恍惚，一直疑心妻与人有染，经常打骂卢氏，时人称他为"妒忌尚书"。看吧，这场爱多累，他要了她的命，她毁了他的生活。我一直疑惑，李益迫于父母之命别娶，或许心中其实一直是放不下霍小玉的，有时候，有些男人始乱终弃，不是不爱，而是不能爱了，最终放在心里，成了愧疚的痛。很久很久以后，李益写了一首诗《写情》："水纹珍簟思悠悠，千里佳期一夕休。从此无心爱良夜，任他明月下西楼。"失去了最心爱的那个人，明月昭昭，风清夜朗，与己何干，只有关上所有的心门，独坐一隅，低眉，数手中的佛珠，从此，红尘欢爱与己两不相干，任他明月下西楼。

如果说，人生是一段旅程，那么，爱情是途中一场最宏大的邂逅，于惊心动魄中来一场青春的盛宴，欢悦或疼痛。爱而不能，是一种无奈，爱而不得，是一种遗憾，这些不被成全的爱，有时那么痛，总是在某个夜晚，缓缓地爬上心头，疼痛中一一浮现旧日的好时光。

寂寞《越人歌》

今夕何夕兮？搴舟中流。

今日何日兮？得与王子同舟！

蒙羞被好兮，不訾诟耻。

心几顽而不绝兮，得知王子。

山有木兮木有枝，心悦君兮君不知！

——《越人歌》

我是划桨的女子，日日泛舟在那条叫作鄂渚的河上。每日，踏着湿漉漉的青草的芳香，穿行在翠森森的芦苇的丛林。风过，听清流鸣泉开始吟咏唱和；花落，听微风断章摘句的吟哦。我是水中采荇的青青女子，驾一叶兰舟，穿行，溯回，俯首低眉，看木桨拨乱碎影，展颜浅笑，像田田绿荷里那朵初生的新莲，自顾自地鲜艳快乐着。

简单的快乐终止于那天。那该是一个三月的清晨，新绿的河水刚刚张开她柔媚的眼睛，早起的花朵正和晨露依依惜别。你来了，泛舟的王子，踏着柳袅烟斜的溶溶春光，带着一身江南风骨，青衫磊落，出现在我的面

011

前。你从远古的诗歌涉水而来，不改昔日的容颜，从前世，从我的梦中而来。你立在我的船头，微笑着缓缓地引领着我渡过彼岸。泛舟，河水翻起的阵阵涟漪，一如我胸中满涨起来的爱意，那是怎样美丽而又慌乱的清晨啊，我只能用清越的歌声，向俯视着我的苍穹发出声声呼唤。"今夕何夕兮？搴舟中流。今日何日兮？得与王子同舟！……山有木兮木有枝，心悦君兮君不知！"即使群星聚集的星空，也不如坐在船首的你光华夺目，我是划桨的女子，只能卑微地仰望，幸福离我如此近却又如此远，心悦君兮，君不知，君不知啊，拥桨舞袖为你唱这首《越人歌》，摇桨，摆渡，摇曳的河水不懂我的伤悲。彼岸已近，隔着潮湿的芦苇，我只能这样目送你的身影渐渐远去，有东西轻轻坠落，那是曾经素洁如栀子花般的快乐生活。

我是划桨的女子，却渡不过思虑的河流。草衰云暮，彼岸秋水已瘦，我还在守望着无望的思念，好似身陷一个大雾弥漫的梦，不想逃离。为你一次深情的注视，愿做一只飞蛾，扑向火焰燃成灰烬；愿做一只荆棘鸟扑向利刺，从流血的胸膛里唱出动人的歌；愿做一朵河边的芦花，在你轻柔的注视下轻轻飘落。如果，我不肯，还能剩下什么呢？除了一颗被时间磨砺得逐渐粗糙，渐渐丑陋，逐渐被污染而失去了光泽的心。于是，我扑向了命运悄悄布下的诱惑，用我安静的歌声，用一个羞怯温顺的女子一生所能准备的极致，走进了注定没有结局的故事。

我是划桨的女子，等待迟来的王子。驾船，穿行，我撑一支桂桨一路追溯，回首烟波，悲喜魂梦常相依。是你来了吗？你又去了吗？思绪与秋风一问一答，我知道你从不曾离去。在每一个风吟鸟鸣的黎明，在每一个小楼听雨的黄昏，看到你依旧立在船头，青衫飘举，你从不曾在心头离去，哪有归来呀？驾船，穿行，纤纤素手握住一把冰凉，看寒鸦归去，看落叶纷飞，看岸边的花自开自谢，而寂寞如寒霜缀满衣裙。岁月流芳去，一朝褪尽红颜老，伴着老去的光阴里，及至岁月的深处，在更深更黑的夜里，一遍又一遍地怀想。思念，是一条青色的河，潮湿了人的衣襟；思念，是一首寂寞的歌，反复地吟唱着，你的昨日，我的往昔。

芦苇又飞翠，疑是故人来。

就这样安静地想着一个人

如果要用诗词歌赋来比喻光阴，那么，江南的雨季是婉约的宋词，青青的，湿湿的，有着雨打芭蕉深闭门的清幽；而秋天的日暮，则是元曲，适合在山衔落日的黄昏，唱一段小曲，直至月上柳梢，戏中人生百转千回，声声落下的终归只有"不归"二字；乐府的《子夜歌》，一定是属于暗夜的清愁，那是个怀人的时刻，曾经蝶舞花飞，而今落红满径，空误了佳期良夜，生命的兰舟在思念的渡口等待，却未有归期。

"子夜"这个带点忧伤的名字，相传是属于晋代的一个女子，因其吟唱自身爱情的悲欢而成诗，而被世人称为《子夜歌》，有人称其诗过于哀苦。这种哀苦，凡是被爱情纠缠过的人，都会有所体会。这哀苦是思念的哀，是爱而不得的苦，好似被月亮舔过一口的海水，即使风干了成了卤，也还是苦。初读这些诗歌，我不太相信"子夜"是个女子的名字，在那个时代，女子应该被叫作"姜"的，这是对美女的称呼；或者被喊作"敷"，比如是娇俏的罗敷，在陌上采桑；再不然是被称作"兰芝"，在《孔雀东南飞》里散发着馨香。"夜长不得眠，明月何灼灼"，这样的诗，让我更愿意相信，那是个多情的女子，卧在子夜的黑幕中，牵挂着远方的良人而发出的声声呼唤，斯人未见，只有这一首首的吟唱相伴，黯然神伤。

细读《子夜歌》，就会发现女子在爱情中的感受，是那么深情。"芳是香所为，冶容不敢当。天不夺人愿，故使侬见郎。" 这是初相遇时的情景，此时，心中的欢喜像是新春的花蕾，紧紧锁住了满怀的春意，一切都充满期待。所以，女孩只好矜持地说，天生丽质是没法子的事，我这样美丽，只不过是为了遇见你。爱到深处，是"宿昔不梳头，丝发被两肩。婉伸郎膝上，何处不可怜"，良宵之夜，就这样发丝分披，青丝绕膝，等你怜爱。还有离别后的挂念，"忆郎须寒服，乘月捣白素"，趁着月色为远方的郎君做件御寒的衣服吧，一片深情。都说恋爱中的女子是幸福的，可这幸福的背后总有隐隐的忧伤，"欢从何处来，端然有忧色"，幸福总是如此短暂，她害怕别离，害怕失去，她只想要携手相伴的平凡生活。而离别好似一把利刃，消减着容颜，隔断那些牵绊，割着，割着，女子就到了人生的冬，白雪上头，一切都归于虚空。

《子夜歌》中的爱情，是夜色下的一吟三叹，纵使遥隔千年的烟尘，其诗句中散发的婉转深情，仍能触动人心，如静夜里仰望，与夜空里的一弯浅月相遇，有蓦然看见的喜悦。而此种深情，在后世的诗歌中也有处可寻，"身无彩凤双飞翼，心有灵犀一点通"，是一见钟情的默契，"相见时难别亦难"是离别的悲伤，而"一寸相思一寸灰"，则弥漫着思念的惆怅。看来，爱情是超越时空界限的，无论岁月怎么变迁，时空如何流转，总有痴情女子做出生死与共的深情承诺，因为爱情始终都在，不管人们怎么轻掷爱情，它始终都曾出现在人们的初心里。

有人说过，世上所有的相爱都是一场久别重逢，然而，总有人一直在苦苦等待，为了一场也许永不会登场的相聚，那些等爱的人，是不是也和《子夜歌》里的女子一样，在午夜梦回的时候，头枕一臂清风，绿鬓芳华，任思念缓缓地爬上心头，就这样安静地想着一个人呢？

宋词女人

鬓角簪花，好像是女孩的权利，"当窗理云鬓，对镜贴花黄"，约一千五百年前的《木兰辞》里就写过。但是，在宋朝，男人也是鬓角簪花的，这样的风俗，想来是借花的姿态来表达自己风雅的情趣，看来，那是一个充满灵性、书写柔情的时代，当芸芸众生的故事被谱词吟唱时，词就以一种全新的姿态华丽登场了，而那个叫作宋的朝代也因了这些词，而显得多情温婉。

都说诗庄词媚。诗言志，诗庄肃蕴藉、雅正刚挺，五言或七言的诗歌，工工整整的，似学堂上的老学究，端着架子，诲人不倦。词言情，词谐婉有致、豁朗纤艳，在形式上也活泼多了，长长短短的词句中，有墨香浮动，一缕一缕的，香气萦怀如落梅，花不沾身人已醉。同样是写愁，唐诗写出了"月落乌啼霜满天，江枫渔火对愁眠"的苍劲古朴，宋词则吟出"莫道不销魂，帘卷西风，人比黄花瘦"的婉约清幽。张炎在《词源》中写道，"簸风弄月，陶写性情，词婉于诗"，说的就是这个理。宋词的这股子媚气，带着春天的气息，有点柔柔的粉，还有点嫩嫩的绿，是晨曦居住的河畔边，桃花和杨柳携手，在春风里轻舞飞扬，华丽而奢靡，即使忧伤，也是"一种相思，两处闲愁"的清愁，伤春不伤心。

宋词读起来，有字字珠玑的感觉。每个字与每个字的相遇，都碰撞出珍珠般的质感，叮叮当当地，敲醒了耳朵，落在了心里。宋词说到了离别，"长忆别伊时，和泪出门相送。如梦！如梦！残月落花烟重"。提到了荷，"曲港跳鱼，圆荷泻露，寂寞无人见"，还有思念，"明月高楼休独倚，酒入愁肠，化作相思泪"，这些精致的文字，孤独的感受，有意无意中触摸着人的心灵，那些说不清道不明的情感总能在宋词里得到慰藉。

读宋词，最爱读李清照，当一个兰心蕙质的女人和宋词结缘时，就在中国文学史上留下了最惊艳的一笔。"怕郎猜道，奴面不如花面好，云鬓斜簪，徒要教郎比并看"，李清照用她的清词妙笔写下了初嫁的幸福。她也写到了两情相依，难舍难分的闲愁，"此情无计可消除，才下眉头，却上心头"；与丈夫永别时写到，"满地黄花堆积，憔悴损，如今有谁堪摘"，菊花盛开，只是花下的人，孤雁离群，已是无心看花了。还有"莫道不销魂，帘卷西风，人比黄花瘦"，思念让她成了一朵诗意的菊花，黯然俯首。原来，思念是一种温柔的痛，一种美丽的孤独，疼痛中爱情在怒放。

有时想，宋词离我们有多远，从时间的节点上回看，中间隔着近千年的光阴，从心灵契合的角度来看，宋词离我们很近。多情的还是"多情却被无情恼"，无情的是"天涯何处无芳草"，失意时是"阑干拍遍，无人会、登临意"的愤懑，得意时是"心花怒放，自在春风得意时"的狂放。今天的女性和宋词里的女人有分别吗？应当是没有分别的，无论女性在今天的生活中充当什么角色，是文人，是佳人，还是农妇，都能在繁花似锦的宋词里找到心灵的契合点。情有独钟时，依然是"携手藕花湖上路，一霎黄梅细雨"，情到深处时，依然是"写不成书，只寄得相思一点"，离别的痛苦都是那么相似，"泪眼问花花不语，乱红飞过秋千去"。寂寂无人的秋千，只有无声无言的落花漫过，相思的光阴里，相思刻成的皱纹有谁补偿，怨而又怨，所以，不管愿不愿，今天的女人，都可以称得上是宋词女人。

戏曲旧梦

　　如果要用色彩来比喻诗歌戏曲，那么宋词一定是青色的，有着杏花烟雨的潮湿，里面有柔肠百结间的寸寸相思，而唐诗是耀眼的金黄，是长河上的落日，明晃晃的，照耀在诗歌的盛世，壮阔而沧桑，而元曲则是粉嫩的颜色，是嫩嫩的绿，水润的蓝，有着明媚的色调，读来读去，仿佛是对着满园的繁花，只读出一个艳字，让人有隔花阴人远天涯近的恍惚。

　　最艳的元曲当属《西厢记》吧。《红楼梦》二十三回里，宝黛共读西厢时，林黛玉就夸《西厢记》，"曲词警人，余香满口"。确实，《西厢记》里通篇都是这样美丽的句子，密集得像落花飞舞，让人目不暇接。"蝶粉轻沾飞絮雪，燕泥香惹落花尘"，人生苦短，芳菲易老，这般姹紫嫣红，让人空留惆怅。还有"花落水流红，闲情万种，无语怨东风"等，这样的词，总与人的内心中最柔软的部分贴近，柔软的艳，这般美，让人心如冷铁也成绕指柔。这样的书，也绝对适合在静静的夜晚深读，去倾听这遥远爱情的绝响。秋天的日暮，张生与莺莺初相遇，寂寂的僧房人迹罕至，满阶落红，崔莺莺拾级而上，步步生莲，那一瞬惊艳了张生，从此，他魂牵梦绕。人生苦短，浮生若梦，如果，人的一生注定与一场爱情相遇，也该有这样的美丽一遇。

元代的戏曲演绎了人生的山高水长，成就了一场场戏剧的经典，到了明代更有了新的内容，不仅艳，还有梦。《牡丹亭》就是其中代表。"情不知所起，一往而深"，开篇的一句，就像一根绳索，捆绑了人的心，一点点地，将人牵入其中而不能自拔。打开此书扉页，就像是拉开了舞台的帷幕，那个怀春少女杜丽娘甩着水袖，婀娜登场了，一句，"原来姹紫嫣红开遍，似这般都付与断井颓垣"，将人带回了几百年前那个繁花似锦的春天。让人看见了雨丝风片，游丝醉软，烟波画船，遍青山啼红了杜鹃的种种富丽，也看见了杜丽娘因游园惊梦，牵挂梦中人柳梦梅，相思而死，又死而复生团聚的磨难。

但是相思莫相忘，牡丹亭上三生路，杜丽娘因深情死而复生，而且，爱情归宿是"不在梅边在柳边"。可是，现实中的情况，往往是那些相爱的人，总是错过，守不住自己最中意的情缘，最终是既不在梅边也不在柳边，到了，那个曾经被爱惊梦过的心，已是心扉紧锁，白雪覆盖。人生在世，遇到，错过，转身之后，再相逢，有多少人可以再次以爱相许呢？其实，人生不能重复，人可以重复一些话语，但是，重复不了爱情；人可以重复一些场景，但是，重复不了深情。可是，在这部作品中，汤显祖给他心中的丽人安排了一个圆满的结局，花好月圆，鸳鸯交颈，但是，在四百多年前，那个女性不能自主恋爱、自主婚姻的时代，这样完美的结局是那么残忍，简直是以情伤人的温柔一刀，刺伤了多少春闺人的心，让人黯然神伤。

惊梦，人的一生都是有一场惊梦的，惊了自己的心，让它苏醒。遇见那个人，心中像打了小鼓，咚咚地，敲醒了心，开始做一场梦，爱情的梦，梦见白首偕老，梦见两情相悦，那一场场的梦，哪一段不是人生最温暖的记忆？当时间的列车轰隆隆地碾压一切时，当爱情被琐碎淹没，一切的一切都面目全非时，总有些温情的片段被记住，毕竟，那个惊梦的时刻，总是会野火烈焰般地印在心头，温暖我们渐渐褪色的生命。

喜爱方块字

我很喜欢阅读，一有时间就执卷在手，每每读到精彩之处，就想，"字眼儿"这三个字说得没错，这字真的是有眼睛的，每一道目光都传递了无数的信息，在目光与目光的对视中，我享受的是丰盛的精神大餐，常常也在想，自己对文字的喜爱开始于什么时候呢？

思绪回到从前，那时，我刚上小学处在扫盲阶段。记得卧室正对床的房门上，不知是谁用毛笔写了个大大的"酉"字。很长的一段时间，清晨的心情都是非常郁闷的，认定是哪个文盲写了一个错字，还厚颜无耻地写得那么大，也许写的是"西"，可多了一横，也许写的是"酒"，却又少了三点。终于有一天，愤怒的我用粉笔在"酉"上打了个大大的叉，心情才轻松起来。不久，当我知道"酉"确实是个字时，很是惭愧，为我的无知。同时，也领略了方块字的神奇，在细微的笔画之间，表达的是不同的意思，也就在那时，我有了探索方块字奥秘的想法，也喜爱上了方块字。

方块字是有趣的，它能让你在注视它时，发出会心的微笑。就说"士"吧，从它的起源来看，是象形字，意思是戴冠的人，而在古代有资格戴冠的，必须是已过二十且行过冠礼的贵族男子。瞧，一个字表达了这么多的信息。"富贵不易妻，士也。"几个字一联合就指出了什么样的男人是高尚的，古代人的道德观。"天"最初的意思并不是指与地相对应的天，而是"大"字上加了一点，表示人的头，确切的是指人的头顶。有一种治头疼的药，叫"正天丸"，想想也是，头疼了确实应该正正，这药名不仅叫得有趣而且很有文化。"月"也是象形字，画的是月缺时的形状，中间的两横是代表月亮中的阴影，而两个月并肩的意思之一，就是指朋友的"朋"。这个"朋"，在我看来，好比两个人并肩站在一起，互相映着对方的光辉，却又保持着一定的距离，很有种君子之交淡如水的味道，而亲近得没有了距离，两个月就重叠了，成了"用"字，虽说还没堕落到"小人之交甘若醴"的地步，但是能用的才能被称为朋友，很符合现代很多人的择友标准。没有利用价值，那就"甩"吧，抽出中间的一竖，干净利索没有任何犹豫，看到这个"甩"字，甚至可以体会到这个字的力度。有趣的方块字，让你不由得为古代人的智慧折服。

方块字是有魔力的，它能使那些被时间抹平的记忆，在纸上鲜明地凸出，让我们面对它们的时候，时而扼腕叹息，时而热血沸腾，并引领我们卑微的灵魂一步步走向高尚。"月落乌啼霜满天，江枫渔火对愁眠。姑苏城外寒山寺，夜半钟声到客船。"这是唐朝诗人张继吟唱的《枫桥夜泊》，这首诗记下了张继和他的忧愁。月、乌、渔、江枫是可以想象的，甚至是可以触摸的，但是，忧愁如何表达呢？在诗人眼里，没有生命的江枫渔火都愁绪满怀，无法入眠，更何况人呢？这样直观的描写，将这个落第的读书人，在返乡途中的满怀愁绪，刻画得细腻深刻。我们已记不得当年是谁中了状元，但是，这二十八个汉字，让我们记住了张继并将永远地记下去。

有时想，方块字和书写这种文字的中国人是有共同之处的，那就是含蓄，有时候淡淡的几句，却包含了很深的意思，而很多字本身就是一幅画。想起"梅"，就想起了暗香浮动月黄昏，心中有种柔软的感觉；提到"绿"，就想起了夏日满池的田田莲叶；说到"风"，仿佛看见了江南水乡飘拂的垂柳。如果，请一位丹青高手画下来，每一幅都可以挂起来好好欣赏的。"行到水穷处，坐看云起时"，这是北京香山一座道观的对联，寥寥十个字，写得何止是观景，更是概括了人生的一种境界，让人回味无穷。这就是方块字的魅力，总能给你最大的想象空间。

降生在这个世界上，能用方块字阅读是一件让人高兴的事情。由于工作的关系，每天也是用方块字制作各种文书，在日日的面面相对中，字在我眼里是有生命的，如同我周围的朋友，是那么亲切。真的，我喜爱方块字。

读书点一盏心灯

深夜，慵懒地躺在沙发上看着电视，一档介绍某个寺庙的节目，不是很能吸引我，昏昏欲睡中，一个修行的僧人对着镜头说道："我们不要刻意地去点燃佛前的灯，重要的是点燃心中的灯。"一句话惊醒了我，是呀，人常常是需要一盏精神的灯，使自己不至于只是简单地活着。人们常说岁月无痕，人生如戏，可是回望过去，在生命的长河中漂浮的那些琐碎中，总有些晶莹剔透的东西叫人念念不忘，如一盏盏心灯点亮生命的旅途，让人想起来，总有一种温润可喜的感觉涌上心头，久久不散。

思绪回到童年时代，那时的我是很调皮的，上树掏鸟下河游泳的事干起来得心应手，在广阔的天地里挥洒着自己旺盛的精力，体会着简单纯粹的快乐。也就在童年的那个夏天，一位母亲为我点亮了人生的第一盏心灯，它闪烁着仁爱的光芒。邻居家有一个发育迟缓的小孩，十多岁的年龄，只有一米的身高，常常被欺负得哇哇大哭。虽然，这种情况下我通常是个旁观者，但这种旁观也是残忍的。有一天，这个孩子夭折了，他的母亲紧紧地抱着他的身体，痛哭着，不让殡仪馆的人抱走他，哭喊着："宝宝，你怎么走了？"我看着很难受，一个发育迟缓的孩子，在母亲的眼里也是一个宝贝，也是一个生命，在无私的母爱里，孩子就是孩子，是被疼爱的，那一刻，我流下了眼泪，我从一位母亲的痛苦里，感受到了母爱的伟大，生命的脆弱。从那天起，我好像长大了，那个疯得不成样子的丫头也变乖了。这盏爱的心灯，至今还照亮着我的心田，使我不敢轻视任何生命。

人生的另一盏心灯应该是书本为我点燃的。读书最初是由童话开始的，通过童话，我认识了为爱而甘愿化为泡沫的小美人鱼，历经无数的磨难飞向蓝天的丑小鸭，谦虚善良最终获得幸福的灰姑娘，童话为我的童年插上了梦想的翅膀，在我心里播下了善良的种子。随着年龄的增长，我知道童话是建立在现实的泥潭之上的，而现实中没有童话。后来，通过书本，我认识了鲁迅，从他深味"非人间的黑暗"而发出的呐喊中，领略了什么是深刻，也懂得生活有时真的需要直面现实的勇气；通过书本，我也认识了雨果，这个伟大的人宣称人生就是白天与黑夜的斗争，这样的话时时敲打着我，生命在黑夜与白昼的交替中消逝，而人的精神也有着黑与白的斗争，比如庸俗和高尚、邪恶与善良、险恶与纯真，人只有不断地超越自己，才能在追随美好事物的道路上不断前行。有位哲人说过，读好书能使人进步，读一本好书，真的是有一种如沐春风如浴秋阳的感觉；读一本好书，真的是在喜爱的文字里完成一次心灵的放逐。书，点燃了一盏智慧的灯，让我在面对困难的时候，从不放弃追求真善美的勇气，使我在挫折来临的时候，保持着"宠辱不惊，看庭前花开花落"的心态。

点一盏心灯，开一扇心门。也许，我们每个人的内心都曾点亮过一盏盏心灯，照亮着我们来时的路，让我们在坎坷中不致迷失方向，而生命也因心灯的陪伴而熠熠生辉。

朱颜辞镜花辞树

清晨，在阳台上晒衣，忽见昨日还盛开的月季，已经凋零，断蕊残瓣，被风揉作一团在地上翻卷，似美人落难，想救而不得，这时，那句词一下子涌上心头——朱颜辞镜花辞树。

这样一想，思绪一下子就飘得很远，天地一下子变得很是辽阔，仿佛没有花开，没有这春日的暖阳，眼前只有这时间的荒野。从远古到今，一拨一拨的人在这时间的荒野上前行，他们越过花丛，趟过溪水，也走过许多年轻的时光。每个人都把自己的印迹深深浅浅地划进泥土。这过程，有过欣喜，有过恐惧，明知一切都会消失，但痴心不悔，这一番辛苦的姿态还是旧时的模样，只是这一拨拨上场的人却不是当年的人了。

朱颜辞镜花辞树，这句词读起来，有着淡淡的美丽和哀愁。朱颜，是人面桃花相映红；朱颜，是花瓣上颤巍巍顶着的那颗露珠，总是会被雨打风吹去。朱颜是陌上采桑的罗敷，娇俏地走在花开的季节，可以骄傲地拒绝不爱的人，宣言只与夫君"愿得常巧笑，携手同车归"。朱颜是闻琴听音的卓文君，寡居的她，还是"眉色如望远山，脸际常若芙蓉"的模样，为一瞬间的心动随郎私奔，潦倒时当垆卖酒，及至年长，作《白头吟》，唤回了那变心的郎君，昔日芙蓉花，差点做了断肠草。

这还不够，朱颜还可以是那些美好而短暂的一瞬。多年前，和朋友在苏州喝茶，记得当时喝的是西湖龙井。仪式很是规整，洗茶，烫杯，煮茶，斟茶，廊外有古筝曲《平湖秋月》响起，低头品茶，茶香入怀。那一霎，虽眼前无山，却见青山如黛，眼前无月，却见月色如水；那一霎，心境澄澈，好比古潭月影，山涧落花。此去经年，再想寻回那时的美好，已是山高水长，过去现在，被时间果断地隔在了两岸，中间汩汩流淌着岁月的河，无法回头。

几年前有部电影叫《观音山》，主题曲中有这么一句："热血，撒哪里，青春都会落幕；来吧，撒这里，反正一起上路；就像，花辞树，总是留不住。"是啊，总是留不住。洒满月光的温婉静流，春深处清丽婉转的莺啼，黄昏里飘过梧桐的斜斜雨丝，昨天还裹在襁褓里的粉面娃娃，转眼就奔跑如风。时间，你让我目睹一切，感知沧海桑田，又怎能让我面对这句词，这句又美又颓的词呢，让人悲欣交集。

这词，让人听见时光沙沙的脚步，心里感叹天凉好个秋啊，疑惑是不是就这么潦草地过活呢？有人说过，长的是经历，短的是人生，人生的精彩就在这体验的过程，即使繁华落尽，即使花飞花谢，但是，回望过去，那些琐碎的记忆中，总有些晶莹剔透的东西叫人念念不忘，终至不悔。

想起小时候，有段时间的晚上，都是被母亲拖着去看庐剧，那是来自她家乡的剧团。《休丁香》《碧玉簪》《红楼梦》等这些戏好像都演过。那时的我不懂戏，再动听的唱腔，再美的扮相，于我只是不耐，对母亲泪水涟涟的入戏更是不屑，终于有一天，我对散场时还不肯起身的母亲，抱怨着，有什么好看的，总是要散场的。老妈扭头，认真地说道，那我要看戏是怎么散场的。多年后，这话还贴在我的心里，是呀，人生如戏，人一定要将自己的戏唱完，即使，最终是岁月深处的一声叹息，也不可提前退场。

重要的是你准备得越好，戏份越重，人生也就越精彩。

花自飘零水自流

翻开《漱玉词》，那些婉约飘逸的文字，扑面而来，洗去我满身的琐碎绮俗。穿越南宋北宋的时间隧道，回望李清照在金风黄叶中寻寻觅觅的身影，重拾那些光照千古的词句，仍是梅香盈怀，菊落留芳。

四十五岁以前的李清照，有着太多的幸福。她出生于官宦之家，父亲李格非是苏东坡的学生，命运给她锦衣玉食的生活，也给了她一双发现美的眼睛，一双能写词的手。"蹴罢秋千，起来慵整纤纤手……和羞走，倚门回首，却把青梅嗅"，明媚可爱的少女时代，香腮云鬓，忽闪忽闪的眼睛是芳心暗许的羞涩。十九岁那年，李清照嫁给了大学士赵明诚，两人琴瑟相和，在幸福的婚姻生活的滋润下，李清照长成了一株梅，满枝的繁花见证了许多幸福的片段：赏景宴饮，应和填词。"怕郎猜道，奴面不如花面好，云鬓斜簪，徒要教郎比并看"，李清照用她的清词妙笔写下了她的幸福。当然，她也是有愁的，那是离别的闲愁，"此情无计可消除，才下眉头，却上心头"，两情相依，难舍难分；还有"莫道不销魂，帘卷西风，人比黄花瘦"，思念让她成了一朵诗意的菊花，黯然俯首。原来，思念是一种温柔的痛，一种美丽的孤独，疼痛中爱情在独自怒放。

当时间的巨轮滑到公元1127年，金人铁骑南下，踏碎了宁静，梅心惊破多少春景。李清照和她的丈夫逃离居住了二十年的山东青州，开始了躲避战乱的漂泊，这一走，李清照再也没有回去，再也回不去的还有那些幸福的时光。历史将李清照的命运分为两片，一片是俊逸的梅花，留在静好的北宋，另一片是坚忍的菊花，在动荡的南宋漂泊。

战火离乱对当时的老百姓来说是一个悲剧，但是，对李清照来说，却是她创作生涯的一个分水岭。颠沛流离的生活，开阔了她的视野，她的词不再局限于春愁闺怨，她的词放在了更高的境界，她还是有愁，但是，她愁的是山河破碎，悲的是失地未收。公元1128年，李清照在南渡的船上，写出了"至今思项羽，不肯过江东"的诗句，写惯了婉约词的李清照，在这首富有阳刚之气的诗里，写出了国土缺失的悲愤，讽刺了只顾逃命的达官贵人，展示了她铮铮的傲骨。随后的一年，赵明诚去世，丧夫的李清照带着金石书画，孤身一人避难于乱世之中。"满地黄花堆积，憔悴损，如今有谁堪摘"，菊花盛开，只是花下的人，身心疲惫，已是无心看花了。其实，很多人不知道，秦桧的夫人王氏是李清照二姨妈的女儿，如果，李清照肯苟活，肯媚言，她是能过上安稳的日子的，然而，品质高洁的李清照选择的是骄傲地活着，哪怕伴随着痛苦。

动乱中的李清照遭遇了很多痛苦，先是携带的金石字画，那些美好生活的见证，那些留有赵明诚手掌温度的字画，被烧被毁，一页页遗失。赵明诚死后的第三年，李清照再嫁张汝舟，此时的她只不过想找一个依靠，找一个安慰，来安顿疲惫的身心，婚姻有时只不过是一种需要。然而，这个张姓小人，只是贪图李清照所存的字画，当目的没有达到的时候，就对李清照拳脚相加，心志高洁的李清照要求离婚，离开那个小人并冒着坐牢之险揭发张汝舟营私舞弊等罪行（在那个年代，妻告夫虽属实，也是要坐牢的）。最终，婚是离了，李清照被收监后经亲友营救而获释。试想，其时她的心里何等痛苦，为了这桩婚姻，她被婆家所有的亲戚离弃，背上一个失节的骂名，最后身陷囹圄，这痛苦的余波虽过千年仍震荡着后人的心灵。"寻寻觅觅，冷冷清清，凄凄惨惨戚戚……怎一个愁字了得"，了解李清照的悲苦，才会懂得，李清照忧愁的背后，其实是沉痛：孤苦无依，韶华不在，锦心难托，故园难回。李清照去世是在哪一年，史书并无明确记载，只是不忍心去想，腹有锦绣的一代才女，怎样颠沛流离地挣扎在生活的边缘呢！乱世就像一锅煮沸的水，煎熬着一切，李清照这朵菊花，寒蕊香冷，却是开错了时代。

至今思清照，千古话风流。在李清照的词里，我们看见她溪亭日暮，云中看雁；感受她一种相思，两地闲愁；听见她寻寻觅觅，声声叹息。她留下了她的词，也为后人留下了慧心婉转的悠悠清曲，虽近千年余音仍袅袅不绝。

品读《低眉》

　　有的书就像写它的人一样，是雅致清新的，远离着喧嚣的尘世，不用香艳脂粉吸引人，它只是静静地立在书店的一角，等着天性喜爱安静的人将它带回家，细细地读着，让心灵在这些挚爱的文字里经历成长更迭，沉醉而迷恋，并且心甘情愿。无疑，钱红丽的《低眉》就是这样一本书。

　　《低眉》是钱红丽继《华丽一杯凉》之后的又一本书，一本让人在婉转柔媚的文字中有所共鸣的读书笔记。书中分"女子便好""诗经别意""欲采苹花""迷离阅读""城市流水""感性花朵"等六辑，单是这些名字就让人眼前一亮。其中一篇文章叫《所有的树木鸟群都请安静》，其他的还有《寸寸情感寸寸灰》等，这样的标题，未读已让人沉醉，深读下去真是字字珠玑，句句光彩。"诗经别意"写的是她所感悟的《诗经》，一篇接着一篇，于慧心婉转中散发古典的气质和情怀。她写那些带草字头的美丽的字如"蓼"和"葑菲"等，仿佛是越过千年的风尘，将它们采摘而来，经打理，则扶疏有姿，苍翠逼人。"采薇采薇，薇亦柔止"，从小就读熟的句子，到现在才明了，原来这薇就是野豌豆的叶子，在钱红丽的文字里体会后，再喝豌豆汤时，怕是有一缕诗意随着香气氤氲而出，弥漫不散的。

低眉，一直以为这是一个爱情的姿态，褪去骄傲的外衣，在爱情的柔波里浮游，心碎或迷醉。"才下眉头，却上心头"，也是李清照低眉的一个姿态吧，她深深地思念着远方的丈夫，虽然，那个人是有妾陪伴的，并不孤单。原来，女人有时不会向生活低头，却总会为所爱的人俯首低眉。钱红丽在她的"女子便好"一辑中，写了古往今来的许多才女，她写柳如是、苏小小、张爱玲、三毛、苏雪林等，这些腹有锦绣幽静细腻的女子，她们都曾为爱低眉，隐忍无怨，只为情系一颗心，留守一段感情，但是，走过一程，发现爱已无处寄身，于是放手，直至悄然告别红尘，留下了几多怅惘，让后人唏嘘不已，原来这旷世的才女，也逃不出自古红颜多薄命的结局。跟随钱红丽的文字，游历这些女人的一生，仿佛，时间的风从岁月深处吹来，吹散了如花的红颜，只留下不尽的落寞，无限的悲凉。

有时想，怎样的际遇给了钱红丽如此的笔触，她仿佛是站在了云端，俯视着红尘，出奇冷静，出奇清寒，看万千种的爱随风飘散，如记忆中的烟雨江南，只能回味，无法触摸。最喜欢她写朱天文的那段文字："一点一点地，作者与读者双双老去……一代一代，如此。文学，生命里的一扇窗，用来给身体换气，给灵魂以抚慰。"文字打开了钱红丽生命里的一扇窗，给生命以依凭，自尊而微喜，而很多人行走至生命的尽头，都不曾开启过生命的那扇窗，于是终身惶恐。

没有抬首入世，哪有低眉出尘，钱红丽的低眉是繁华落尽后的澄澈，如宽大正严的庙宇寂静空明，远离滚滚红尘。低眉，对钱红丽来说是一种写作的姿态，于温婉中开出流丽的花朵，也只有低眉，才能洞彻人世的种种烦扰，去感悟人生的宽厚。

钱红丽生于安庆枞阳，曾居芜湖，现驻足合肥。她曾写过："我总是愿意打开窗帘，把身体靠在窗棂上，静静仰望星空，度过了无数夜晚，在这座叫作合肥的城市。"想，下次出差合肥，再看这座城市的星空，一定会有不同的韵味吧。

在文字中奔走

书香满屋，俯首细读，寂然兀坐，万籁无声，是人生一境界，也是读书一境界。

在文字中奔走，感受那些惊天动地的灵魂，倾听天地间风花雪月是一种享受。有的文字，如一杯绿茶，清新隽永，有着依山临水般的清澈；有的文字，如冬日的一杯烈酒，辣，却又能让人豪情满怀；有的文字素净，如沁人心脾的高山流水，或者是春江花月，淡淡的月光照亮了灵魂，让人情不自禁地心醉。

尼采说过，一切文学，余爱以血书者。这样以血而成的书，必然是经历积累于胸，最终如火山爆发，字字血泪，以裸露于旷野的灵魂，直击人的心灵。由此，可以看出，读者的阅历是面镜子，可以与书写的人心心相通，感受到文字的悲伤或者欢乐。也因此，人的阅历也注定了其阅读的喜好。自身的阅历好比一条绳索，绑架了人的阅读习惯，从而使人所读的文字，从最初的浪漫瑰丽迈向了纯真厚重。幼童时期，那些花花绿绿的画册，是开启懵懂心智的钥匙；少年时，向往外面的世界，幻想闯荡江湖，却又被现实所陷，于是，在那些武侠小说里，或悟人生哲理，或叹人生苍凉，来填补了人生的空白；而青春期，则爱死了那些言辞矫情的诗歌，在别人的痛苦里流泪，在别人的爱情中幻想，从而幻想自己的爱情；而人至中年，有了些感受，经历些困顿，有了人生的倦意，读书只会读些散文小品了，在短小的篇章和隽永的意境中，寻找些许的温暖，安慰自己零落的人生；而在往后的年纪，得到失去过，心中有无穷的寂寞，那时读的书，该是佛经了，寻找四野风动心不动的境界，再无闲情自扰了。

读书是一种智慧的行为，从而引领自己成为一个拥有智慧的人。愚昧的人，一生都在暗夜里摸索前行，浑浑噩噩地过活，而智慧的人，书是心中一盏智慧的灯，引导人一步步地走向高尚。而拥有此种智慧的人，必然是有一种淡然的心态，在清心寡欲中读出此种境界。喜欢读书而去读，才是读书的一种自然状态，为了功名利禄读书，为书所累；为了卖弄学识读书，是附庸风雅。书从来就是云外一鹤，野地一兰；书是桌上香茗，需要人细品，方可达到物我两空，动静两忘的境界，这是读书的境界，也是智慧的境界。

读过的很多书中，有时因为一句话而记住了一本书，记得读《傲慢与偏见》时，书中有一句话给我留下了很深的印象："她有钱，可是这与她的品德无关。"现实中，目睹很多人在金钱面前低下头，我总想起这句话，也想起了简·奥斯汀，这个终身未婚的女人，在追求精神完美的道路上，她注定是寂寞的。有个哲学家说过，不论是谁的人生，都是要解决三个关系的，一是解决人与物质的关系，二是解决人与社会的关系，三是解决人与自身的关系。如果人生总是停留在物质的层面，那人生岂不无味？所以，心中只有物质的人，买书时买的是纸，而读书的人买的才是书。在我看来，人活着要像一朵花，花有色香形，人要有才情趣，如此，才不枉这短促的一生。

一花一世界，一叶一菩提，这世界也是一部大书，需要人去细细研读。一片落叶，平常的人读出的是秋天，聪明的人读出的是果实，而智慧的人读出的是轮回，文盲什么也读不出来，但是，他看到了落叶上七彩的阳光。这本书，如一出大戏，没有落幕的时候，但是，它能让观众不肯散去，静坐冥想，倾听天籁，其余韵流长，让人一辈子品味不尽。

请以你的名字呼唤我

　　思念可以有多久，用一生去等待够不够，初恋可以有多真，自你之后再无人。初恋怀念是这本书的注解，当我合上《请以你的名字呼唤我》时，我只能用这样的语言来表达我的感动。当书中的男主角在追忆他的爱情时，思念是什么，思念是一种温柔的痛，疼痛中一一浮现过去的好时光。

　　《请以你的名字呼唤我》这本书，讲的是两个年轻人，从相爱到别离的故事。故事的主线很清晰。1983年意大利某地的一个夏天，阳光灿烂，果园里树木的清香被微风吹动着，沿着楼梯，飘进了17岁少年艾力奥的房间，那是渴望成熟的气息，就像艾力奥，渴望爱情和人生的开始。他父亲的学生来自美国的24岁的奥利弗，也是在那个夏季，走进了艾力奥的生活。从一开始的排斥，称对方是个鸠占鹊巢的人，到渐渐被这个高大帅气的大男孩所吸引，也为自己不知如何表达而苦恼，炫自己的钢琴技巧吸引他，写一张又一张的纸条，又撕了一张又一张，为他与别的女孩跳舞而嫉妒，所有的一切，都是恋爱中的小心机，狂热而不加掩饰。当双方经过试探考验终于表明心迹时，开始品尝爱情的甜蜜，"请以你的名字呼唤我"，这样的一个约定，就是他俩爱的密码，用来打开幸福的大门。可是，欢乐如此短暂，很快就到了奥利弗回国的时间，两人在车站离别。幸福有多深，痛苦就有多重，送别后的艾力奥是那么痛苦，以致双腿都支撑不了身体，所有的快乐都随列车远去。

有的离别，还有重逢，而有的再见，真的是再不能相见了。当半年后的一个冬季，奥利弗打来电话，告知艾力奥要结婚的消息时，艾力奥柔肠寸断，只是在电话里以自己的名字一遍遍呼唤着对方，在炉火前，回想那个夏天，那个过完了他一生幸福的夏天，流着泪却又微笑着。

有人说这是一部关于同性恋的书，而认真看过后，我认为这是一部关于初恋的书，无关性别。17岁的艾力奥，情窦初开，张开了一双看世界的眼睛，恰恰是奥利弗走进了他的心，那是一颗初心，所以才是那样纯粹和念念不忘。他对爱情的表达，符合一切初恋的特征，透明没有任何杂质，只有爱。书中有这样一个描写，印象特别深，艾力奥戴上和奥利弗同样的项链，急于给奥利弗看，坐在门口从早晨等到天黑，向每个路过的人问，你知道他在哪里吗。真让人心疼，24岁的奥利弗已是站在了成人的世界，而他还在探索爱情和人生的路口，这样的一场飞蛾扑火，又比如是在深海潜游，如果分别，他如何熬过他的余生？

书看到最后，艾力奥给了答案，有的爱情走向仇恨，有的爱走向陌路，而有的爱走向的是温暖，没有怨恨。很多时候，一场离别，不是不爱，只是，他只能尽力陪你走到他能到的地方，而那些美好的体验就是生活给他的最好的礼物，是他以后生活的依靠，想起时，就像拿着棉花棒蘸着回忆，轻轻品尝，来获取幸福，不能一饮而尽。

王尔德说过，心是用来破碎的，不是用来愈合的，而体验痛苦是件幸福的事。生活中，当生活粗糙地对待人们时，大多数人急于愈合，不愿意再体验痛苦和幸福，以致不到30岁，精神已经破产。原著里，艾力奥因为一直念念不忘17岁的那个夏天和那个人，一辈子孤独终老。他的心因为体验过离别而破碎，可这破碎的心，记住了痛苦，也记住了幸福，也记住了那句话，请以你的名字呼唤我。

辑二　草木心思

遥想一枝梅

初秋，月色如霜的静夜，很适合一些音乐来配，比如古琴曲《梅花三弄》。

琴声倾泻而出，低回婉转有如暗香浮动，摇落寒霜片片，梅花朵朵。梅花一弄思断肠，二弄费思量，三弄风波起，云烟深处水茫茫。琴声如诉，声声催老了岁月，却诉不尽心中悠悠的思念，那曾执手相看的泪眼，亦在倏忽而过的光阴中，渐渐模糊，只留梅花，独栖寒枝，守望着昔日的诺言。

不由得想起梅。年少时曾种过梅花，因家中的院子很大，梅花就直接栽种在地上，也许是土地肥沃的原因，或者是梅树从未受过剪刀的裁剪，那株梅长得很是高大。滴水成冰的季节里，凌寒自开。清晨初醒时，看见院子里，黝黑的树干上绽开一朵朵娇嫩的红，寒蕊吐香，幽香隐隐，薄而又薄的花瓣，映着晨光，晶莹剔透，很是美丽，那是记忆中常被唤起的恒久画面。

之后，再赏梅，是在梅苑。梅苑中有一六角亭，亭下的石阶上有霜，有远上寒山石径斜的意境，还有一池，池中之水清泠如镜，那是梅花顾影自怜的所在。日暮时节，梅苑实在是美，一树树的梅正开得洌洌清奇，千花万蕊，或疏或密，聚集在苍黑遒劲的枝干上，色薄香暗。坐于亭中，风轻轻吹过，有零星落花飞舞，沾在衣上，满袖盈香，落在地下，则冷冷如泪，满地伤心。身处其间，恍若浮游仙境，尘世的纷呈变化已然忘记，是的，人如果选择了宁静，那么浮躁就会远离。记得当时是偷偷地摘了几枝梅花，养在枕边，每日枕着两鬓芳华入梦，彼时，那少女时代的光阴，穿越很多绮丽的风景，翩然而至，让人又喜悦又惆怅。

最早关于梅的记载，该去《诗经·召南》里去寻了，"摽有梅，其实七兮，求我庶士，迨其吉兮"，这里的梅成了男女之间定情的信物。爱情是醉人的，心旌摇动时，一个浅浅的笑，就能让彼此记住那心动的刹那吧。在这诗里，梅作为一个信物，将某个温暖的瞬间凝望成永恒。但是，后来懂得此梅是指梅子而非梅花时，郁闷至极，心中顿生错爱的遗憾，久久不能排遣，也由此可见我对梅花的喜爱了。

"江南无所有，聊赠一枝春"，这句诗借着梅花绽放时的芳香，将人的心事淡淡诉说。一枝梅花，牵出多少如梦般的往事，试问那位遥远的故人，多年后，你是否还记得那个乌鬓青衣的女子？折一枝寒梅，寄予故人，多年后，你是否还记得那些青葱的光景？天地间，风云变幻，这株梅，见证着生命里那些不能忘怀的感动。

《红楼梦》里有许多经典的场景，"史湘云醉卧花荫""黛玉葬花""宝钗扑蝶"等，都被描写得秾丽香艳，但是，我最喜欢的是《红楼梦》第五十回"踏雪寻梅"的那段。

雪天，宝玉因诗被姐妹们罚往栊翠庵乞梅，墙外苔满阶绿，墙内满园梅香。宝玉叩门乞梅，妙玉在内应答，真真是隔墙听花语，冷艳又如梦境。在我看来，这样的场景是温柔富贵的红尘与清静高洁的佛门问答，在这一问一答中，人世间的千般烦恼、万种喧闹以及生命中一切的悲欢，都随风散去，只落得这白茫茫一片大地好干净。那探出高墙的梅，是对红尘的一个诘问：风叱云咤也缠绵，是否都含泪而去含泪还？这枝梅，是倚着岁月的柴扉，举起禅意的杯盏，守望一份不被红尘湮没的清净。有人说过，"时间是一切物体不可抵挡的洪流，事入眼帘仅为了依次被冲走……"
是的，一切都是匆匆，一切都将过去。

生在冬日，长在江南，对梅的喜爱已根植在我的内心。水润江南，云
逸风清，今生，我愿意做一剪轻逸的梅花，在风雪中傲然地绽放，以一树
一树的梅朵来温暖我的天涯。

一枝红艳露凝香

　　暮春浅夏的时节，和好友二三前往梧桐谷里看牡丹。

　　梧桐谷里其实没有梧桐。进入山谷，远望，会看见一座山，在浅蓝无垠的天空映衬下，似一缕悄无声息的黛青，绵延灵秀，再看，那山又像一方镇纸，笃定地压在天地之间，守护着人世间一纸繁华。俯首，则会看见路边别样的风景，在成片的草地里，无数黄色的小野花，举着花盏，盛着春阳，在风中摇曳，在人与自然这样的对望中，一种和谐的情谊萦绕在心，不禁感叹，这样的山谷配得上"梧桐"这个美丽的名字。

　　"梧桐"这二字很美，当它与雨相遇时，就有疏雨梧桐，幽窗独倚，微雨燕双飞的意境。那句"梧桐更兼细雨，到黄昏，点点滴滴"，则是李清照的孤寂，这样的词一读，再去想"梧桐"二字，就觉得这词有情怀，有怀想，怀念渐行渐远的繁华旧梦，当年的繁华有多重，这怀念就有多深。而梧桐与凤凰相遇时，则又有吉祥的意思了，非良枝不栖的凤凰，只钟情于梧桐，这样想来，在梧桐谷相遇富贵牡丹就是遇见了美好。

　　偌大的牡丹园，是一眼望不到边的花海。红的花，黄的花，浅白的花，给人以强烈的视觉冲击。一直喜欢种花，种过玫瑰、月季、蔷薇等，就是没有种过牡丹，不是不爱，一来是担心这富丽的花，不能踏踏实实地入住寻常百姓人家，二来是顾虑，如果花与名不符，则破了我心中的念想，毕竟，大多数的时候，相见不如怀念。而今，兜兜转转，在这里，与成群的牡丹相遇，也算是了我的心思了。

一直认为，美人有姿，花亦有态，百合有静气，罂粟有巫气，桃花有媚气，而牡丹则有贵气。牡丹花开富贵，花瓣阔阔大大，色彩浓烈，确实是寻常花所不能比拟的。这些牡丹，一丛丛叠瓣重楼，随风婆娑，无论是单瓣还是重瓣的牡丹，花瓣都恣意地张开着，花艳色浓，有咄咄逼人的傲气。要说钟情，最喜爱的是红牡丹，爱它红得热烈，其蕊有黄，是黄雏鸟喙一样的嫩黄，远看，花似一团红云，近观，则发现绸缎般质地的花瓣上，仿佛有人用画笔，一笔一笔地反复涂抹，那真是浓得化不开的艳呀。此时，才懂得李白的那句诗，"一枝红艳露凝香"，写得真是贴切，且有这"凝"字，才有了这一路走来的芬芳相伴。想起以前看《贵妃醉酒》，与君王怄气的杨贵妃，醉了心，甩了袖，委顿在地，唱着"海岛冰轮初转腾"，这样的一朵娇花，难怪唐明皇要为贵妃心醉，为牡丹心折，果然名花倾国两相欢啊。

漫步牡丹花丛，花香萦怀。转到了牡丹园的僻静处，有两株花吸引了我，是难得一见的紫色牡丹，如果，我没认错的话，那是"魏紫"牡丹花王，这紫收敛了红色的张扬，花瓣不艳，有含而不露的意思在里面，花朵亦少，东开一朵，西开一朵。抬眼前望，那边厢朵朵牡丹，朵大花鲜，游人喧扰，而这株"魏紫"，安静地开着，却又让人有着不敢心生轻慢的敬畏。

那是牡丹中难得的静，才显珍贵，才被冠于花王的名称。人亦如花，心动易，心静难。行到水穷处的静，不是真正的静，有时那是一种无可奈何的落寞，若是所有的美人都在争奇斗艳，取悦众人，却有那样的一类人，静立于阑珊之处，以精神的芬芳悦己，身边的热闹全不相干，这样的静，才是真的静。

喧嚣的尘世，需要这静，作为安抚人精神需求的寄所。

又是杨柳依依时

　　入春，又是杨柳依依的季节。如烟的绿雾染透了湖岸，而这绿雾隔着春天的烟霭看过去，所见的是朦朦胧胧柳浪堆烟的美景。

　　柳枝，披着小小的叶子，就那么安静地低垂着，于是，认为杨柳是所有树木中最有女性气质的。无论是临水独立，还是参差并立着，它们都是那样典雅和内敛，好像被害羞击中似的，在来来去去的春风中低着头，将满腹的心思藏在浓浓的绿色中。只是，当柳枝在微风中婀娜摆动的时候，它们还是透出一些骄傲的，它们知道自己碧色可人，所以，也从不吝啬与春风婆娑起舞的脚步。

　　"昔我往矣，杨柳依依。今我来兮，雨雪霏霏。行道迟迟，载渴载饥。我心伤悲，莫知我哀。"两千年前先民所咏唱的民歌，里面透着痛彻心扉离别的悲伤。这是《诗经·采薇》篇里的诗句，写的是战后幸存的征人，于归家途中抚今追昔的感慨。离家时门前的枝条青翠，随风摆拂，好似依依不舍，而今，几经寒暑归来却是雨雪纷飞，几多凄凉！一个征夫的伤口裸露在《诗经》的章节里。看来，多少王者的沙场战功，都抵不上征夫们这一声幽幽的叹息，而这株小小的杨柳，见证了征夫离别家乡时的依依惜别之情。

也许是受《采薇》诗句的影响，杨柳的意象似乎就与离别的情怀交织在一起，离别的泪光闪闪烁烁，映亮了随后千年的光阴。晋太康年间有《折杨柳》的曲调，内容都是抒发伤春惜别之情，而且，都跟怀念征人之情联系在一起。唐朝王之涣在《凉州词》中写过，"羌笛何须怨杨柳，春风不度玉门关"，游子见到杨柳总会想起远方的故乡，而听见《折杨柳》的曲调，更会让人黯然神伤。李白在《春夜洛城闻笛》中写道，"此夜曲中闻折柳，何人不起故园情"，不知是谁在夜里吹起了杨柳曲，曲调兜兜转转，在远行的人心头萦绕，而思绪在故乡与异乡之间徘徊，无法入眠。

在我看来，杨柳和离别联系在一起，还是有另外一个重要的原因，那就是"柳"与"留"谐音。以前，人们在离别时，通常都要折柳送别，以表达殷勤挽留的情意。"柳条折尽花不尽，借问行人归不归"，表达的就是这种情绪。折柳送别，这种风俗在唐朝最为盛行，灞桥是由长安东去的必经之路，人们通常在此离别，"灞岸晴来送客频，相偎相依不胜春"。有人说过，"黯然销魂者，唯别矣"，因此，灞桥又被称为销魂桥。几年前，在西安灞桥游玩时，是见识过灞桥的杨柳的，河岸两边的杨柳娴静地伫立着，而桥下那不知流淌了多少岁月的河水，仍悄无声息地流着，满河的水摇曳着投射其上的日光，斑驳，冷静。飘落其上的柳叶，随着河水，无声地流去，随着河水流去的还有那些光阴，那些人。曾有多少远行的脚步，多少远飞的心，在此经过，而这一切，都是灞桥的杨柳所不能挽留的，就像我们不能挽留美好的过往，不能挽留那些注定不能停留的情意。

今宵酒醒何处，杨柳岸晓风残月，离别好像总是伴随着悲伤。其实，在每一个杨柳依依的桥边，在每一个想留不能留的背影里，都停留着期待再次重逢的热切目光，于是，折柳送别，不再仅仅是离别的哀伤，更成了等待和思念归人的赤诚。

因为离别，所以重逢。

小草情思

一次偶然的机会，我离开了长年蜗居的城市，来到了位于长江边的这片草滩。

"芳草碧连天"，正如我此时身处的这片草滩。久违了的萋萋芳草，宛如一片片在春天里苏醒的生命符号。春风轻轻地吹着，那最初探出地面的小草，在春天的微风里摇曳着，试探着，接着悄然唤醒其他小草，于是，一株株的草，纷纷地苏醒过来，争先恐后地破土而出，去赴春天的约会，才有了这满坡的绿草如茵。在春日明媚的阳光下，一株株的小草绽放着青春的笑颜，映得江水如镜，云作花舞。这些小草柔软青翠，含着露偎着春风，抒发着积蓄一冬的热情。看，草丛里星星点点的野花，上下翻飞的蝴蝶，还有坡底的那片小草簇拥着的一棵树，对着那一洼春水顾影自怜着，而头顶是近在咫尺的蓝天。偶尔，有小鸟婉转的歌声从高空坠下，又被春风送远，春天就这样来了，而小草又迎来了一个新的生命轮回。

沿着江堤望去，满眼除了绿色还是绿色。近处的是翠绿，远处的是浅绿，更远一点的是被江水萦绕的浅浅的蓝了。这是一幅春天里的如画美卷，美存在于自然之中，而在这美当中蕴涵着无限的生机。此时，人除了俯首、凝望，无法用言语赞叹。而思绪一下随着这广阔的原野舒展开来，思接天外，悠然间有一种难以言状的超然感。脱下鞋子，在这柔软的草地上走走吧，任自己的脚与草缠绕，就像开始一场纠缠不清的恋爱。放飞快乐，让被世俗压缩得极为渺小的灵魂，来一次浪子般的逍遥。侧耳倾听，你会听到小草发出的微语，那是春雨斜飞，小草与雨的絮语；也是微风过处，小草与游云婆娑起舞的声音。只是这声音常常被尘世的喧嚣所掩盖，当物欲被无限放大的时候，人是听不到小草深奥的交谈的。

小草用它的语言告诉着人们，它是谦逊的。春荣冬枯，小草用默然的姿态向人们昭示着生生不息，也提醒着人们光阴流年。草无所求地萌发，悄无声息地枯萎，然而，即使枯萎，也守护着来年的春梦，孕育着新生的绿芽。有人说草是卑微的，因为它的无处不在。可草又是骄傲的，当春风掠过地面，小草吐出了新绿，虽饱经风霜却无怨无悔，为着一生唯一的一次绽放，草无私地袒露着自己全部的美丽，即使依着顽石也春意荡漾，即使身处荒漠也生机盎然。从早春到初冬，从过去到现在，从山岩到平地，从荒野到庭院，从自然到心灵，草用蓬勃的绿把生命焕发得如此灿烂动人。注视草的一生，就像开始一场精神的游历，让人懂得有些词的含义，比如年年岁岁，比如永生不绝，比如永不言弃。

就让我的生活像一株行走的草，多好啊！

草木的心思

清代的张潮在《幽梦影》中写道："月下听箫声，山中听松声，水迹听欸乃声，方不虚生此耳。"这句话，有古代文人从骨子里透出来的浪漫气息，内敛又隐秘，像暗夜的花朵散发出幽幽的香，一缕一缕的，浸润得梦都是香的。

这还不够，古人还有更浪漫的生活方式，用花治病，这多不一般。那些花朵，在盛开的时候被摘下，被日晒，被历练，被珍藏，然后，在烈火的煎熬下，以悠悠的清气为人疗疾。试想一下，人端起这花朵熬成的汤汁，饮下，可疗疾，也是疗心，餐花食英是也。

《说文解字》里说，药，约声，从草头，一般是指植物。这也是传统中药被称为草药的缘由。《本草纲目》里罗列了大量的以花草治病的方子，蔷薇能入药，李时珍说，此草柔曼，依墙攀附而生，又叫墙靡，眼睛上火，视线模糊，用蔷薇作药，功效良好。紫薇又称作凌霄，也可治病，如遍身风痒，用紫薇花粉以酒送服，可愈。还有月月红、玉兰、杜鹃等均能入药，它们个个都是有颜值又身怀绝技的智慧美人。

所有能做药的花朵中，我最爱百合花。《本草纲目》云，百合叶短而阔，微似竹叶，白花四垂者，百合也。百合花虽算不得绝色，比不上牡丹的雍容华贵，但是，百合的雅致也是其他花所不能比拟的。在我看来，牡丹有贵气，桃花有媚气，罂粟有巫气，而百合花则是有清气，素颜，枝干婷婷，花开垂首，婆娑有态，淡定从容地开在枝头，决不招摇。百合能治很多病症，主治迎风流泪的毛病。王维有诗为证，"冥搜到百合，真使当重肉。果堪止泪无，欲纵望江目"，用的就是《本草纲目》里面百合止涕泪的方子。

花朵有色，这些草药也有颜色。青黛，是蓝色的一种，幽幽的，好似红颜薄命的寂寞美人，是落花时节，身着青衫，在微雨的黄昏里惆怅。如此，随便一猜，就能猜到它的药性是寒的，能去热烦，杀恶虫，有驱热解毒之效，名副其实。还有些草木，如白英、白钱、白头翁，因为带着个"白"字，读起来很有点天高云淡的味道。海金沙，耀眼的金黄，是浩瀚的海面上徐徐的落日，一直沉，一直沉，沉下去的还有悠悠的光阴，壮阔而沧桑，它不仅能治湿热，道士也用其来煮丹砂。还有紫花地丁、甘蓝、金银花等，这些草木汇成了一个大园子，身处其中，满眼的草木摇曳有态，随便摘下一枝，都能炫人眼目。

最有诗意的草药当属当归了。当归性温，是逐淤生新的良药，《红楼梦》中秦可卿生病，太医所开药方中就有当归，后世红学家以"当归"两字来推断，认为有秦可卿将归太虚幻境的寓意，当然这是专家的个人观点。而《本草纲目》则认为，当归调血为女人用药，有思夫之意。这样看来，当归其实是一封寄给离人的素笺，背后是思妇幽幽的叹息。这是一种像思念的植物，有点碎碎念，深深思，拿不起，也放不下，只好搁在心头，一寸相思一寸灰，就这么牵着，念着，当归，当归……你是医我的药。

这些草木，无论当初是怎样的芳香四溢，成了药，味道都是苦苦的。良药苦口，像人生，也像爱情，都是要先苦一阵子，才有以后的甜上一辈子，人如果能懂这个理，也算是没有辜负草木的这番心思了。

桑葚累累

　　周末，有好友来访，送了我一盆绿萝，真是万分高兴。更让我惊喜的，是好友递上的两枝桑树条，枝干笔直，叶子碧绿且阔，如温柔的手掌，轻轻地呵护着或紫黑的桑葚，或刚透青的嫩果，枝条握在手中，简直就像是握住了一把绿意，里面有清风几许，露珠点点。

　　每当春夏之交，黄鹂鸣叫，便是桑葚成熟之时。桑葚是学名，在我的故乡，那座江南小城里，它是被称为"桑树果子"的。桑树也是开花的，细细密密的花藏在叶间，很不起眼，当挂果之时，在茂密翠绿的枝叶间，那红紫紫的桑树果子就是悦目的红玛瑙。而成熟的桑葚，黑紫紫的，油润味甜多汁，上面布满了柔软的小疙瘩，摘的时候要轻轻地拧，入口即化，酸甜可口，还带有点淡淡的清香，真的是让人回味无穷。这样的美味，历代文人都用诗句进行了书写，陆游曾有诗云，"槃箸索然君勿笑，桑间紫葚正累累"，欧阳修也在诗中吟道，"黄栗留鸣桑葚美，紫樱桃熟麦风凉"，说的都是这层意思。

　　记忆中有一片故乡的桑树林，小的时候，就读的小学临江而建，近江堤处，种的就是大片的桑树。记得上学的途中，是要穿过一片桑树林的，行走其中，有风吹来，桑树叶在风中沙沙鼓掌，像是欢迎我来到它的地盘，而在静静的林子里，我用脚步声回应着它，宾主礼数都很周全。盛夏时节，总有成熟的桑树果子扑扑地落，赌气似的，一直疑惑，这是树木对人的幽怨，这累累桑葚无人来采，辜负了它的一片深情。当然，如果是小伙伴结伴而行，那么，场面是失控的，走着走着，有小伙伴就上了树，摘了果子到处扔，吃得满手的汁水，像涂了紫药水，还在别的小伙伴脸上乱抹，疯成了一团。这欢乐是大自然恩赐的，让人不能忘怀。

我对桑树的喜爱，因它能唤醒我童年时期的记忆，它与故乡和童年的欢乐有关。鲁迅先生在《从百草园到三味书屋》中也写道："不必说碧绿的菜畦，光滑的石井栏，高大的皂荚树，紫红的桑葚……"这紫红的桑葚，也见证了鲁迅先生童年的喜悦。回溯中国历史，桑树则是关乎家国的记忆，深深根植于中国人集体的记忆里。《孟子》就有"五亩之宅，树之以桑，五十者可以衣帛矣"的描写，这是对理想家园的憧憬，也是农耕时期农人的梦想。《诗经·小雅·小弁》的"维桑与梓，必恭敬止"，说的是故园的桑梓是父母手植，无论离乡在远，心都要朝着故乡的方向，带着敬意保护好家园，这样的情怀延续至今，以至于"桑梓"演变成为故乡的代名词。

古人还用桑葚比兴爱情，"桑之未落，其叶沃若。于嗟鸠兮，无食桑葚。于嗟女兮，无与士耽。士之耽兮，犹可说也；女之耽兮，不可说也"，鸠鸟过食桑葚就会昏醉，而女孩也不可过度沉溺爱情，否则无药可救。爱情是酒，适合两人慢慢地品味，饮得过快，过量，则会醉了，吐了，是不可收拾的一地狼藉。

想起童年记忆里的那片桑树林，扑扑落下的桑葚，像极了现今一部分人的爱情。年轻的男子，有最真心的情意和饱满的爱意，却又是物质最贫乏的时期，他遇到了一辈子想呵护的那个女孩，却没有房子、车子、票子来安放他的爱情，最后，他的真心就像饱满而无人采摘的桑葚，幽怨地落，砸在地上，心血横流，为什么总是最真的心承受最深的伤害？

开到荼蘼花事了

有些植物在花店里是买不到的，比如荼蘼。

曾经以为荼蘼是和绿萝一样属于大型藤本植物，后来才知道，荼蘼属蔷薇科，落叶或半常绿蔓生小灌木，羽状的叶子，绿色的攀缘茎上有钩状的刺，通常是在春末夏初盛开，花大，白色，有香气，荼蘼花开被认为是宣告春天花季的结束。

在我家的阳台上，就开着几朵荼蘼。洁白的花朵藏在阔阔的绿叶丛中，掩着春色。因为是放在高高的花架上，没有可以攀缘的东西，所以，那些长长的茎脉，兀自地纷披着，随风飘拂，柔弱无骨，到了夏季的最后，则青跗红萼，一片惊艳。

苏轼有诗云："荼蘼不争春，寂寞开最晚。"任拙斋则有诗曰："一年春事到荼蘼。"这每一字句，都是对这春天最后一抹花语的诠释。在我看来，荼蘼好似一个外表温婉、内心却心事重重的女子，她像是被忧伤击中似的，将心思藏在层层叠叠的绿叶中，骨子里却又是决绝执着的。开到荼蘼花事了，她可以宣告春天花季的结束，但是，她终究等不到她在深秋的爱人，于是，她拼命挣扎着，绽放着最后的光芒，如火如荼，万千荼蘼疑似泪千行。多么像爱情，那些不被成全的、年轻人的爱情，多少人在其生命的夏天，挣扎了一季，拼了一生热情为所爱的人留香，而后，就再也没有花开的季节了。

喜欢荼蘼花开的这个劲头，也喜欢荼蘼的花香。记得《红楼梦》中就有这样的对联："吟成豆蔻诗犹艳，睡足荼蘼梦亦香。"这是在夸荼蘼的香气。荼蘼的香气是浓艳的，似华丽的咏叹调，余音绕梁，一寸一寸地，浸润得梦都生香了。

佛见笑，独步春，这两个名字也很美，这都是荼蘼的别称，就像冬崧是白菜的别名，狗尾巴草叫作缨缨，芦苇也被称作蒹葭，都很是动人。著名诗人叶芝写过，"多少人爱你青春欢畅的时辰，爱慕你的美丽，假意或真心，只有一个人爱你那朝圣者的灵魂，爱你衰老脸上痛苦的皱纹"，他爱的是不能回应的爱，爱的人最后成了别人的妻，又不愿以爱的名义苟合，于是，他在岁月的河岸上眺望着他的爱，而中间隔着长长的世俗的河流。他只能这样表白，无望的思念及至终身。原来，思念是一种温柔的痛，疼痛中爱情在独自绽放，这样的感情，孤独而又旷达，这样的爱，多么像那朵宣告"三春过后诸芳尽"的荼蘼啊！

喜欢荼蘼的率性而执着，芸芸众生，沧海横流，很多人都像大地上的植物一样，在自己的节气里，适时而动。他们也许没听过荼蘼的传说，但是，他们有着自己的春花秋月，坚持着自己心中不灭的梦想，执着不放弃，把短暂的生命，像一枝荼蘼，开到了彻底。

阳台上的荼蘼，枝条茂密，随风婆娑起舞，灵动而妩媚，人说士为知己者死，我想，这株荼蘼也许是为知己者生呢！

梧桐深处

初春的静夜，窗外雨声淅沥。这样的夜，适合静卧，听一听雨声，轻轻的，沙沙的，衬得这夜分外幽，倘若还能听听梧桐细雨，那么，这夜不仅幽，更有一种远意，是隔岸观景，有着人远天涯近的寥廓。

梧桐树很吉祥，民间就有"种下梧桐树，引来金凤凰"的说法。梧桐树很有爱情意味，传说梧为雄，桐为雌，梧桐生死相依，因此就有了"梧桐相待老，鸳鸯合双死"的长相依。梧桐树很文艺，用它制作的"焦尾琴"，能奏出"昆山玉碎凤凰叫，芙蓉泣露香兰笑"的雅韵。梧桐树也很诗意，与雨相遇，它就关联了一些唯美的意境，疏雨梧桐，幽窗独倚，微风拂过衣襟，而思绪随雨的湿气氤氲而出。"梧桐树，三更雨"是温庭筠的寂寞，"微云淡河汉，疏雨滴梧桐"是孟浩然的风日洒然，"梧桐更兼细雨，到黄昏，点点滴滴"是李清照的孤寂。这些词都有怀念，怀念渐行渐远的繁华旧梦，当年的繁华有多重，怀念就有多深。红尘一梦，缘起缘灭，在经历过人生的聚散离合，熬过尘世的种种烟火后，发现当年的庭院画堂还在，而我们等候的人，逝去的青葱光阴，却永远不再。

唐人诗云："山远始为容。"意思是说，观山宜远，我以为欣赏梧桐树亦如此。梧桐树高大挺拔，叶碧干青，给人一种玉树临风的感觉，就连它的树枝都那么直，干净利落地伸向天空，镇定自若地迎风送月，绝无杨柳小儿女般娇媚状。梧桐也开花，淡淡的紫色，不炫目，不张扬，静静开花，静静飘落，就像一场暗恋，悄无声息，来去无悔，只要与春天有这一季就足够了。在我看来，如果以树喻人，梧桐绝不是涉世未深的青年，它应当是步入成熟的中年人，虽看透了世事沧桑，仍温暖体贴，笃定地扎根于地，笑对风霜雨雪，绝不抱怨。

记忆中永远有几株故乡的梧桐树。小时候住的房子，院前屋后都栽着梧桐树。燕子声声的时节，梧桐花开得正酣，朵朵桐花，像紫色的蝴蝶停在树枝上，微风吹过，桐花微颤，像蝴蝶振翅，抖动的都是对春天的眷恋。雨急风大时，桐花飘落，一朵一朵地静卧于地，像是在做着来年的春梦。那时的我，看见落花，不忍心去踩踏，总是轻轻地绕过，生怕惊了它们的酣梦。据说，在我江南的家乡还有个习俗，凡是家有女儿出生，做父亲的就要种上成双的梧桐树，等到女儿出嫁时，砍倒做成木箱陪嫁，取其"永结同（桐）心"的意思。这样的习俗很厚重，当梧桐树栽下时，也是将父爱深深地栽下，这爱在梧桐树下孕育，伴随女儿成长，当梧桐做成木箱时，苍茫岁月中，父亲已是霜花飞上鬓角了，但是，他心里只有高兴，孩子有了幸福的未来。如此，梧桐不仅有诗意，更有爱。

生活在钢筋森林的城市，每日蜗居在斗室，以花盆里的一点绿色来安慰自己，这样的日子愈久就愈怀念曾经的院落。幻想着有一天，或许能安身于某个院落，那时，我一定要在屋前屋后都种上梧桐，还要挖上一口深井，并在屋上挂一块牌子，上写梧桐深处，老了，就穿青衣白褂，在梧桐树下，与至亲的人相守，看光阴掠过树梢，在柴米油盐中相濡以沫，以最朴实的方式享受这浮世清欢，自在安心。

荷月的荷

　　中国人是爱花的，爱到每个月都要以花来配，当然，这里月份是指农历，它比公历的月份总是要来得迟些。"杏月"，是指杏花烟雨的二月；"桃月"，无疑是说桃红柳绿的三月；"菊月"，则是指光阴到了秋霜点菊的九月。而荷花则属于六月，决无别解，不会产生误会。

　　"荷"是个好字，有着美人般曼妙的身段，轻轻一念，好似从心里发出的一声轻叹，尔后眼前一亮，仿佛看见了穿塘而过的风，满荷齐舞，清影横波，美而雅。芙蕖，草芙蓉，这两个名字也很美，这都是荷的别称，就像冬菘是白菜的别名，野豌豆苗叫薇，草果被称作豆蔻，都很是动人。而在文人雅士那里，荷花又被称作莲花，这样一叫，荷花被赋予了世外高人的超脱气质，但是，我总觉得那是小众的美，是拒人千里之外的冰山美人，总是让人敬而远之。我觉得，在热辣辣的夏日里，在闹嚷嚷的尘世中，荷花这个称呼，更能确切地表达寻常人的喜爱之情，一枝一叶都能悦人或者是利人。

　　在水润风清的江南，因为有荷的凌波而生，为夏日增添一分清凉，还有些许的雅致。荷从发芽挑出水面之始，便显示了它别样的风姿。初生叶，亭亭如盖，有风则是摇曳生姿，无风则袅娜动人；及至花开，或粉或白，均娉婷有态，盈盈含笑，迎风愈娇，香远益清；即使是开完一塘夏荷，洗尽铅华，暗结莲蓬，仍与翠叶并立，虽蕴藏累累果实，却垂首默立。这点与人极似，厚重的人总是谦逊的，也是，人不反常怎能超常。剥开莲子，则有一叶叶碧如翡翠的莲子心，泡茶喝，苦苦的，能降压败火。及至夏末，翠绿转黄的残荷，摘下，也是有用处的，蒸菜时垫上一片，清香悠悠。或者用来包装食物也可，记得小时候吃的五香豆，就是包在荷叶里的，豆嫩叶香，真有种餐花食英的感觉，每每想起，回忆里似乎都散发着荷叶的芬芳。还有藕，虚心有节，节节都是透着生命的气息。由此看来，花以色悦目，以香醉人的本事，荷都有，而荷利人的本领则是其他花所没有的。

记忆中，永远有一方故乡的荷花塘。童年时，家是临水而建的，推开院门，面对的就是荷花塘。清晨初醒时，总喜欢坐在塘边，借微微的荷风，醒醒自己的下床气。有时，掬一捧清水撒向荷叶，看水成珠，晶莹剔透，从叶上滑下，乐此不倦。下午两三点的光景，和几个小伙伴，偷下荷塘游泳，有时，在荷荫下戏弄一条条曳尾的小鱼儿，或是拉弯高高的荷花去嗅，或是摘一片荷叶顶在头顶，那时节，有蝉声一声一声地落下，有云扭着腰肢，在水中洗涤着一朵又一朵的洁白，而静静的时光，将满塘荷花凝结成记忆中最柔美的珍藏。

一直以为，荷与水总是息息相关的。记得以前读过的一本书里写道，"有一种鸟，它睡在风里"，这句话让我想起了荷，无论鸟睡在哪里，荷都是睡在水里。荷与水，互相成全而有了一幅美景。而人的一生，总有一湾流在内心的水，总有一朵属于自己命中的荷。

临水赏荷，轻抚的微风送来阵阵的清香，它的随风淡然很让人欣赏，它把扎根于淤泥中的坚韧留给自己，把最美的姿态留给世人，完成了从小荷尖尖到开花结果的过程，即使枯萎也是那么自然。这是荷的姿态，也是人活着的姿态。人只有坚持，从容，自在，才会在越活越薄的岁月里，有着越来越饱满的内心，生命的稻仓里才能果实累累。

花花草草逢春生

　　春天，骑车，沿江埂缓行，不为寻人，不为到达，只为在路上，遇见这一片片的桃红梨白，还有那些燕子，看它们舒展着轻盈的翅膀，掠过柳叶青青的梢头，停在姹紫嫣红的春天。

　　古人为春天的郊游起了个很好听的名字，叫"踏青"。这个词读起来很有意味，有小桥流水的丝丝陶醉，也有湖水新绿时的淡淡明艳，又古典又喜悦。在我看来，当草木返翠、柳叶一条条抽青的时候，人就该去春天里走一走了，踏青，踏的是一种喜悦，更是一种心情。明朝王象春在《踏青》诗中写道："三月踏青下院来，春衫阔袖应时裁。折花都隔山前雨，直到黄昏未得回。"可见那时的人，是多么迷恋踏青，他们走过烂漫的花丛，走过淙淙的溪水，玩到黄昏还念念不回，也许是人生欢乐时短，所以才有这依依不舍的流连吧。

　　流连忘返的不只是古人，还有现在的我。田野里，盛开着大片大片的油菜花，热热闹闹地绵延成了一片花海，在阳光照拂下，金黄澄澈，浓染春烟；道路旁，粉色的桃花，雪白的梨花，或深或浅的红月季，次第绽放，她们似聊斋里走出的花仙，为自己里能着染春裙而欢笑，先是浅笑，而后是抑制不住的大笑，笑得花枝乱颤，一地落红。此时，无须感叹，只须将心静静地安顿下来，深深呼吸，草的清新，花的芬芳，一切都充满着诗情画意。尽管春天的风还有些清寒，但薄薄的春衫早已上身，正如杜甫在《丽人行》中咏道，"三月三日天气新，长安水边多丽人"，在这如画的风景里，人都是看朱成碧，点青为绿的丽人。

有很多的野草像马兰头、荠菜都是人们熟悉的。拨开巴根草，就能发现潜伏在草丛里的荠菜，嫩生生的，在微风中挥动它们绿色的手掌，招呼着，欢迎着。都说三月荠菜当灵丹，古人的三月相当于今人的四月，这时的荠菜还是可以采采的，带回家就是餐桌上的美味。最简单的做法，是将洗净的荠菜，用开水淖下，浇上麻油，洒上拍碎的蒜子，拌好，是上好的小菜。或者将荠菜榨成汁，浇在下好的面条上，面白汁绿，再放上点红辣椒，光看相就已经很醉人了，这绿是碧波汤汤的明朗，红是长河落日的壮阔，这样一想，这样的面都让人不忍下口了。

野草闲花逢春生，春风一吹，草儿花儿们就纷纷地苏醒过来，争先恐后地破土而出，去赴春天的约会，才有了这满坡的绿草如茵，繁花似锦。这些花花草草们，在我眼里都是很让人怜惜的。它们像极了那些恋爱中的女人，不过是为着那一点点爱，用沉寂一冬的热情，去拼这一季的喜欢，让这爱恋的火将自己烧得片甲不留，却又无怨，也不悔，谁让你逢着了这爱情的春风呢！

日光暖暖的中午，坐在草地上，听鸟鸣从枝头一声声地落下，看白云从蓝天急速地划过。太阳晒着脸，暖着背，慢慢地，身体感受到一股暖暖的气息，于是心也暖了。现代人，面对着生活的困顿，守着鸡毛般琐碎的日子，慢慢地，忽视了很多的美好，那些压力下的厌世，无助之下的寂寞，这些负面的情绪，像青苔，湿答答地附着在心上，渐渐地，人懒了，心冷了，怕对着这煦暖的日光，只想把这梦一般迷糊的日子，快快地睡过去。所以，春天里，人还是要出去走一走，踏踏青，让春天的脚步踏醒自己恹恹欲睡的人生；看看花，要有花开那样的劲头，把每一个平凡的日子都过得生动起来；晒晒太阳，让平凡的生命，有那么一点点太阳的光芒，像大自然的花草树木般，舞风弄月，无畏生长。

家有玉兰

在我家的窗前，种着两株玉兰，一株白玉兰，一株是紫玉兰。花开时，一株白得至净，一株紫得妩媚，在我看来，白色的白，更能体现玉兰花瓷白润泽的韵味，所以，白玉兰更得我的欢心。

今年的春来得太迟，本该春光明媚的时节，却寒风阵阵，那冷冷的雨不紧不慢地下，下了一天又一天，空气里潮湿得似乎都能拧出水来。这时，我就在想，这冬原本是连着春的，难不成这夏天插足了冬春之间，伤了春天的心，才有了这春天的泪雨涟涟。当然，这是我的胡思乱想，农谚说了，"惊蛰打一点，倒冷四十天"，今年惊蛰那天是下了雨的，逢着了倒春寒，才使得这春日迟迟。但是，即使春寒料峭，玉兰花却如期盛开，毫不犹豫。

玉兰的花期很早，在冷暖不定的气温里，常常因了突然的寒冷而受损，这也是民间将玉兰花叫作苦玉兰的原因。在我看来，这苦字恰恰体现了玉兰的特质，它是先百花而开花的花朵，是春天方向的引领者，为春天的繁花盛开作了一个铺垫，让人们站在春天的门槛边，踮起脚就能看见春天的繁花似锦，水草丰美啊。盛开的玉兰，宁静而高贵，像一群白鸽栖息在树枝上，婷婷袅袅，对春而鸣，吟出这乍暖还寒的季节里第一首素静而多情的诗。和风惠畅下的玉兰固然好看，庭院深深，阳光慵懒，眷顾着这一树繁花，宁静而悠远。但是，我更愿意看见风中的玉兰，雨中的玉兰，站立枝头，风雨将它的花瓣扯落，它无所畏惧，换上战袍，重上枝头绽放，风雨刮落了一批，又绽放一批，绝无桃花、玫瑰这些花朵的小女儿状：被风雨摧残的满地落红，一地伤心样。都说"草木有本心，不求美人折"，这里的本心，在我看来，说的就是在哪里存在，就在哪里绽放，不要因为严寒，就忘记了散发芬芳，花与人似，人又何尝不是如此。

记忆中永远有株故乡的玉兰，那是种在家中院落里的。清风徐徐，山衔落日的黄昏，父亲总在玉兰树下练书法，练完后，便说，过来顺便写写，于是，我就过去，也装模作样地用毛笔画两下。更多的时候，是和小伙伴们在玉兰树下玩耍，花香人欢，与一棵树在童年的时光里相守，让我感受到了岁月的芬芳，这株玉兰见证了我安逸快乐的童年时光。

这么清美大气的玉兰，有人竟将它比喻成邋遢污黄的白手帕，"像污秽的白手帕，又像废纸，抛在那里，被遗忘了，大白花一年开到头。从来没有那样邋遢丧气的花"。第一次在张爱玲的书里读到这个比喻时，真是心惊，像是在路上开车，满眼都是风景，突然遇着个坑，心和身都有点跌宕。可转念一想，心境不同，有人看花是花，有人则看花不是花了，那时的张爱玲，被父亲囚禁，因病缠绵卧榻，与母亲隔离，还有青春期的那股子迷茫的思绪，这样的拘禁，看见花朵，应该是见花如见仇的心境吧。青春是一节未干的水泥墙，受过的伤就像一个一个手印，都会印在上面，并且，一辈子都挥之不去。张爱玲看到的玉兰花是悲凉的，就如同她眼中的人生，是凉薄而苍凉的手势，她是顺便误伤了玉兰花。

年年花开，不管人们怎么评价玉兰，玉兰都不知道，它只是在自己的节气里，适时而动，每一朵，都花开自在。

细细地端详着窗外的玉兰，还是那么静谧美好的样子，不禁微笑。想起玉兰还有个更古意的名字——"辛夷"，明诗有云，"辛夷辛夷何离奇，照水偏宜姑射姿"，这株"辛夷"在诗歌里开过，伴随着似水流年，岁岁与人在春天相逢，让春意盎然，让人心馨暖。

人在草木间

一直认为，茶很清幽，像宋词，有着"雨相和，帘外芭蕉三两窠"的清婉，更有一种禅意，安静，清寂，于不动声色中，看浮生来回夕阳斜。

传说，达摩祖师为证菩提，面壁九年，一日，因疲惫欲睡，遂揪下眼皮掷于地上，血染之处，长出了茶树，叶片似眼形，这就是茶的由来。可见，从来源上说，茶禅一味是没错的。据《景德传灯录》记载，有僧侣问禅师，"古人告诫我们，若路上遇见悟道的高人，不用语言交流，不知该拿什么相对？"禅师答曰："吃茶去。"又有僧侣问："古人告诫我们，是不是，非不非，如何破解呢？"禅师干脆举起茶杯，以无言作答，此举是"灵犀一点，化通万象"，还是吃茶去，意思是说一杯清茶是通向禅路的媒介。

有人说茶是恬淡隐士，苏东坡又说从来佳茗似佳人，这都是以茶喻人，可见不同的人品茶，是仁者见仁，智者见智，差别迥异。在我看来，如果以茶喻人生，那么人生都是要经历这三个阶段，茉莉香片般清新的少年，红茶般馥郁的中年以及绿茶般淡泊的老年。

茉莉香片有人生初相见的惊喜，是花蕾初绽，是湖水新绿，一切刚刚开始，一切充满期待，散发着青春的醇香。中年似红茶，那些生活给予的困苦，和着流过的汗和泪，经过时间的发酵，最终馥郁芬芳，浓烈，成熟，还略带点隐隐的倦意，印在心里，隐约看见生命的彩虹。绿茶般的老年之境，心如止水，不喜不惊，有如迈入不食烟火之仙境，闲时多遐思，回味淡淡清香的微雨人生，那印在心头的人之初心，那些得到和失去的一切，都似茶香中浸润着的宁静，让人淡泊名利，远离喧嚣，有人在草木间的那种从容。

酒是热闹的，茶是清幽的，酒不可独饮，而茶最适合独啜，所谓"一人饮茶为幽，两人为胜"。郑板桥在《题画》中说过："茅屋一间，新篁数干，雪白纸窗，微侵绿色，此时独坐其中，一盏雨前茶……几笔折枝花，朋友未来，风声竹响，愈喧愈静。"古人清雅如此，墨香一缕，茶香一盅，好友夜访，清谈高论，清一清尘俗污垢，此所谓浮生一乐吧！

和多数中国人一样，我也喝茶，但不精通，只是有茶泡泡就喝。有一阵子倒是挑玫瑰花茶喝，和风惠畅的夜晚，和好友喝茶。将玫瑰花茶倒入透明的茶壶，注水，看一朵一朵皱缩的玫瑰，在开水的浸泡下旋转，渐渐地，清水有了玫瑰的红色，像她绯红的心思，耿耿于自己不曾怒放的委屈，惆怅中还有点不甘，尔后，花瓣缓缓舒展绽放新颜，如释重负地沉入杯底，似乎一切都已放下，一切与己无关，只做这一缕香魂，在赞赏的目光中，重新吐露了一次芬芳。记得那时，屋里茶香悠悠，窗外夜风朗朗，在暖暖的安静中，只有喝茶二字，别无他言，真是温茶一握，抵浮生十年。

人生似茶，缘尽人散。一个人，一杯茶的寂寞很相似，都有过热气腾腾的热闹，但是，最终都是要以冷清收场的。只不过茶是越斟越淡，水是越泡越冷，如飞雪入水，是无法收拾的寂寞。而人在寂寞中，则是越过越简单，删除那些繁花似锦，一直简单到极致，留着一颗素净的心，过人间风清月白的日子。

陌上桃花一树春

古人是爱花的，爱到十二个月（农历）都要以花来配。"杏月"，必定是指杏花烟雨的二月，"菊月"是说光阴到了秋霜点菊的九月，"荷月"无疑是说莲叶田田的六月，决无别解，不会产生误会。

而桃花属于三月。在水润风轻的江南，桃花实属寻常的花朵。李渔认为，桃李是群芳的首领，"桃花能红李能白"，桃花的美是红得极娇，李花的美是白得至净，这是其他花所不能比拟的。也基于此，人们常用桃花形容美人脸，如桃腮、桃靥。还有"人面桃花相映红"，这场景多美，美得像酒，倘若轻抿一口，瞬间便醉倒在东风里。

桃花虽说盛开时美不胜收，却是开得迅急凋谢也急，所以赏桃花要趁早。远离喧嚣的都市，在乡村的田埂地头，农家的篱笆前，或者是一汪清清的池塘边，你都能发现一株株的桃树，透着粉瓣掩香的蕊，顶着花红娇艳的朵，如烟似雾，迎风而动，自在飘落。走过农家院墙，忽然就有粉艳艳的一枝桃花越过围墙，那是锁不住的春意。这些野生的花，开起来的气势是热烈的，一朵一朵的都像是炸开似的，像极深山里走出的花妖，在春日里肆意地笑着，指尖拈花，粉蕊缀裙，自顾自地在春风里舞着，绝世的美，密集到让人目不暇接。

也是因为花开热烈，桃花常常被用来比喻那些喜庆的事情，而女子出嫁是再喜庆不过的事情了。《诗经》有云，"桃之夭夭，灼灼其华，之子于归，宜其室家"，说的就是女子出嫁的情形。新嫁，一个女子一生中，最浪漫最盛大的等待，为这一刻，她的美丽在这一天释放到极致，宛如一株桃花喜气洋洋地开在人生的春天。从此，她有了一心人了，能陪她到皓皓白首，而这期间，人世间诸般的好都要一一来过，虽平常，但是有着暖暖的烟火气息相伴，温暖贴心。

有人说过，心境不同，看山是山，看山不是山，同样的桃花，有人就看出了悲凉。《红楼梦》第七十回里，黛玉和大观园里的姐妹们重启桃花社，并写了《桃花行》，"凭栏人向东风泣，茜裙偷傍桃花立……胭脂鲜艳何相类，花之颜色人之泪……一声杜宇春归尽，寂寞帘栊空月痕"，这样的描写，让人看了心惊，春有多深，这寂寞就有多深，是月影下的桃花，花开一树，惊艳又寂寞，以致宝玉看了诗稿，不禁泪下，"林妹妹曾经离丧，作此哀音"。宝玉的怜惜和黛玉身世的悲凉，借这枝桃花表现得生动传神。

中国人有食花的传统，"朝饮木兰之坠露兮，夕餐秋菊之落英"，屈原品性高洁，这是真正的餐花饮露了。其实，桃花不但可赏也可入食，最著名的是桃花粥。《金门岁节录》中是这样说桃花的："洛阳人家，寒食食桃花粥。"桃花粥做法极其简单，大可一试，将糯米浸泡洗净，加水煮开至糯米烂熟时，将洗净的桃花和蜂蜜一同加入搅匀，再小火稍煮即可。小勺舀起，其色粉润，送入口，则清香满颊。食桃花，除了体验雅致的生活外，更具保健美容的作用，桃花可利水，可润燥，可化瘀。由此可见，桃花不仅以色悦目，更以质利人，如此，真能算得上是美貌与智慧并重的美人儿了。

"春来花自青，秋至叶飘零"，三月的桃花逢春而开，适时而落，悠然，随性，随缘，花开自在，天真烂漫，这就是所谓的花心似禅，不嗔不怨吧。

| 仙掌郁金衣

　　有的字是自带光芒的，比如"金黄"二字，因为是太阳的颜色，读之霞光万里，心中澄澈。当一朵的金黄在眼前闪耀，人是被这光芒所折服，当千朵万朵的金黄映入眼帘，每一朵都像在阳光下燃烧自己，冶艳，热烈，人们仿佛还听见了欢呼，那是对光明的欢呼，对生命的礼赞，声动山川。

　　葵花谷里，成片的葵花比肩而立，每一株都托着一朵花盏，阔阔大大，盛着阳光，盛着雨露，将自己醉在了秋光里。暖阳照射着金色的花瓣，一切都闪闪发亮，充满了魔幻色彩，一如凡·高笔下的《向日葵》，色彩强烈，黄的花绿的叶蓝的底色，仿佛颜色都在惊叫，为生命在喝彩。在春天，人们所见的是桃红李白，杏娇樱粉，都是小女儿娇媚的样子。但是，葵花不同，在秋风的洗礼下，它的枝干越发笔直，绝对没有花开两朵的琐碎，只有一枝独秀的霸气，更像是玉树临风的青葱少年，胸有阳光，遥望远方，一路前程似锦，越过一浪高过一浪的秋风，直奔丰硕的深秋，以饱满的果实，给季节以一种最朴素的表达，回馈汗水，回馈阳光雨露。

　　记忆中是有着一片故乡的葵花园的，那是我对花朵最初的记忆。思绪铺陈一条芬芳之路，直抵儿时的乡野小路，那时，头顶明晃晃的太阳，与小伙伴们在葵花丛中穿行，黄灿灿的葵花，铺天盖地，透过黄的花绿的叶，瓦蓝瓦蓝的天空从头顶掠过，那真是一种纵情奔放的体验。

《诗经》里有大量描写植物和花朵的诗，所以，《诗经》又被称为"葩经"。在这本书里，不仅有描写"桃之夭夭，灼灼其华"的桃花，也有"摽有梅，其实七兮"对梅子的描写。阅读《诗经》就像漫步在大花园里，满园花朵婆娑有态，顺手一摘，都苍翠可人。但是，只有一句说到葵，"七月亨葵及菽"，当时，非常不解，这葵花的叶子有毛，有刺鼻的气味，实在不是可食之物，如何烹饪呢？及至后来，才搞清楚，此葵是指冬葵，又叫冬苋菜，滑菜，而非指向日葵。那句著名的"青青园中葵，朝露待日晞"，写的也是冬苋菜。据考证，在大白菜出现之前，冬苋菜是蔬菜之王，只不过，后来，江山易主，不再为人所识了。

就像我们误解了《诗经》中的葵一样，我们也误解了向日葵。向日葵其实不属于葵的一种，它属于菊科。原产于南美洲，元代时期才在中国种植。元代诗人赵孟頫写过《黄葵词》，"仙掌郁金衣，朝阳风露晞。可怜蜂与蝶，只解弄春晖"，写的就是真正的向日葵，因其花大如掌，被誉为仙掌，后代诗人也都有赞颂，赞颂它向阳而生的特质。也许是出于对向日葵的喜爱，它又被冠以"西番莲""西番菊"的称呼。在中国，菊和莲都是君子的象征，菊被称为花之隐者，莲被视为高洁品质的象征，而向日葵是如此热情奔放，两者风格实在不搭，用菊和莲来称呼向日葵，只能表明中国人对向日葵实在是太喜爱了。

想起，那日游玩，承蒙主人厚爱，赠送了一朵葵花，归来与桂花插于一瓶，虽说有诗云，"菖蒲与葵花"，但是，我更愿意将它与桂花相配，金黄与金黄的碰撞，那是嗅觉与视觉的盛宴。还记得离开时，农人说的那句，向日葵向阳是因为要护着它的根，如此，此花不仅阳光更具有奉献精神，值得人青眼有加。

辑三　落英缤纷

女人如花花似梦

　　深夜听歌，梅艳芳幽幽地唱着，"女人如花花似梦"，幽咽婉转的旋律轻轻划过，似花香入怀，清影徘徊，有柔肠寸断间的一丝丝寂寞，沧桑得让人揪心。

　　女人如花花似梦，用花来比喻女人，是有点怜惜的意思。借花的姿态比喻女人的妩媚，但是，红颜如花，终究刹那芳华，而"花似梦"这三个字，为这句话平添了紫陌采薇的诗意，弥漫着一股烟火之外的清气，甜蜜和惆怅相伴，想想吧，芳华过后的迟暮岁月，回忆起白衣胜雪的少女时代，那时的光阴，那时的美好，岂非疏离得就像一个梦。

　　见过虞姬冢景点的一副对联，"使君子花，朝白午红暮紫，虞美人草，春青夏绿秋黄"，这副对联说的是，有些男人的心一天就变，而一年的光阴，就让美人的容颜老去，这株花很恰当地表达了芳华易逝的内涵。传说虞姬刎别楚霸王时，血洒之处开出了花，从此，这朵花就被称为虞美人花，因为是美人借了它还魂，就教人生出了几分悲悯，看见了虞姬的凄凉。有人说过，女人似花，遇见那个宠爱自己的人，就是到了开花的季节。我倒觉得，两情相悦，最好是在牵手时就一夜之间白头，也就不会有以后的山河破碎，英雄末路，美人断魂了。虞姬这株娇艳的花，开是开了，但是，错过了季节，开在了凛冽的寒冬，最后只落得红颜成灰，化成岁月深处一声声的叹息。

还有像牡丹般艳丽的女人，如杨贵妃，这种花开起来阔阔大大，花艳香浓，有着咄咄逼人的傲气，不是寻常女子所能比喻的。记得以前看《贵妃醉酒》，与君王怄气的杨贵妃，醉了心，甩了袖，委顿在地，唱着"海岛冰轮初转腾"，燕语莺声里有道不尽的凄凉。还是小女人的情怀，幻想那是自己一个人的君王，她只想在满园春色的后宫里，演一场浩荡的缠绵，绵延不绝，即使醉，也是想与君王共醉。但是，牡丹虽好，难敌寒霜，长生殿的誓言犹在，在生死之间，那个已年近七旬的君王，舍了美人保全了自己，杨贵妃最终"宛转蛾眉马前死"。索命的白绫，水一样的冰凉，就如杨贵妃心中的绝望，生死相许，相思万种，不过都是应景的谎言，一生惊梦，未老的生命成了一株凋零的牡丹。

女人如花，花如红颜。每朵花都在自己的季节里盛开、谢落，而花一般的女人，随着命运的安排不断地变幻着花般的姿态。青春年华的女孩，似一朵朵洁白的茉莉，有着小莲冰清的纯洁，那是要放在水晶的殿堂里细心呵护的；少妇时期的女人，完成了生命角色的转换，有了娇儿和夫君，那时的女人是一朵朵春天的康乃馨，不那么娇贵，少了些张扬，以母性的情怀营造温馨的家园，为寻常生活增添几分粉嘟嘟的柔美；而这之后的女性，褪尽了颜色，以一种淡极始知花艳的姿态示人，这个阶段的女人似碎碎的满天星，聚在一起唠着家常，妥帖而又让人安心。在我看来，这个阶段的女人是最美的。这个时期的女人，是在光阴的烈火中淬过，在生活的苦痛中磨炼过，逆境让她们一夜之间成长，磨难让她们光彩夺目，散发出更加绮丽的光芒，有着别样的素净之美。

"去时陌上花如锦，今日楼头柳又青"，开不完的花朵，望不尽的红颜，每个女人都应以独自的姿态绽放，在梦一般美好的素衣锦年里，美丽而无辜。

女人与酒

女人如花，最恰当不过的比喻，用花的妩媚来形容女人的姿态，同时也是借花开花落，预示女人如花，刹那芳华。酒，热情如火的液体，当花样的女人与酒相遇，会演绎出什么样的故事呢？

《红楼梦》里有多段饮酒的情景，遇上描写男人饮酒时，多数是从风雅开始，以粗俗结束。第二十八回里，贾宝玉和薛蟠等人在一起饮酒，先是琵琶伴奏，贾宝玉还吟了"滴不尽相思血泪抛红豆"，何等风雅，后来饮得是惊天动地，薛呆子行的酒令，满口荤腔，硬生生地使这场酒变成了不折不扣的闹酒。可是，女人饮酒的场景却是被描写得很是精致，赏菊需要喝酒，对月也要饮酒，生日需要祝酒，总之，这些女人喝酒是需要内容的，酒在这里点缀了她们的精神生活。即使是醉酒，也被描绘得香艳绮丽，史湘云醉卧花阴，枕着花枕，醉后的粉脸印着盛开的芍药，身边是蝴蝶翻飞，这样的醉是可以入画的。这里，好像不是酒醉了美人，而是美人让酒醉了。酒，让女人的酥手一握，竟改了火样的性格，变得如此风流。

《红楼梦》毕竟是小说，书中的女人喝酒，是为了排遣深闺寂寞的情怀，而历史上那些喝酒的女人，她们为谁而喝，为谁而醉呢？历史上最悲情的一杯酒，恐怕是虞姬所饮的那杯诀别酒，不忍、不能却又无可奈何，这杯酒见证了英雄末路美人断魂，让人可叹可憾。而将酒饮到极致的，当属那个叫李清照的女人，"浓睡不消残酒。试问卷帘人，却道海棠依旧"，一个与酒共度春闲的女人；"沉醉不知归路，兴尽晚回舟，误入藕花深处。争渡，争渡，惊起一滩鸥鹭"，即使醉也醉成了一道风景，她饮的酒杯杯都是诗意的酒；在最平常不过的一个傍晚，李清照执起一杯酒，此时秋风阵阵，让人感到有些凉意，于是，"三杯两盏淡酒，怎敌他晚来风急"这样的句子跃然而出，当酒与一个兰心蕙质的女人相遇，便是与诗词结缘，这是一个为自己饮酒，为后人留香的女人，这样的词品久了，恐怕也是要醉的。

现代女性匆忙地生活着，奔波中湮没了一些诗意的心情，更何况这是一个不需要诗意的年代，功用是这个年代的追求，于是，酒在女人的手中，被一次次举起，上演了一部部女人与酒的故事。有些女人，为了职场的升迁，为了某一功利的目的，把酒场变成了战场，一杯杯地干着，关键时再放个"雷子"，直喝得面带桃花，眼横秋波，此时，酒变成了女人手中的刀，刀刀见血，男人们最终都会败下去的，即使不是败给了酒，也是败给了那些喝酒的女人。有时，女人只与女人喝酒，喝这样的酒是温馨的，衣香丽影中，酒通常是被冷落在一边的，只是当女人们聊得口干时，才会端起酒来轻抿一口，接着，继续聊关于时装或者男人的话题。

女人与酒的故事真的是欲说还休，曾经，见过醉酒的女人失声痛哭，哭声的背后有着怎样的伤痛，我无法揣测，但有一点可以肯定，需要安慰的她找到了酒，而酒只给了她泪水，借酒浇愁只能使她的愁绪更长，痛苦更深。这样看来，忧愁时女人应该离酒远一点。由于工作的关系，我偶尔也参加一些应酬，也被动地饮过一些烈酒。有时，看见座上的人殷勤地劝着酒，忽然有些自责，我们在计较别人喝的酒少，却不计较被奢侈浪费的光阴，这样想着，真的有些揪心。

女人如花，刹那芳华，有时想，拿什么比喻芳华之后的女人呢？我想，那应该如一杯陈年老酒，散发着岁月的芬芳，只是身边一定要有一个懂得品酒的人。

关于美女

　　那是一种什么样的感觉？置身在朋友开的美容院里，面对的都是前来美容的女子，满室的氤氲香气，精致纹绣的眉，精心漂红的唇，满眼的仿佛都是美女，间或，还有美容小姐的轻声巧语，于是，温香软玉、妖娆妩媚等这类词纷纷跃入脑海，让人觉得这真是一个温柔的所在，美女聚集的地方，似乎连空气都是如此香艳迷离。

　　美女历来给人一种赏心悦目的感觉，汉代诗歌就有这样的描写，"北方有佳人，绝世而独立，一顾倾人城，再顾倾人国"，这个美女具体的长相，可能不同的人有不同的想象，但是，美到了倾国倾城的地步，真是让人有一种惊心动魄的感觉。曹植在《洛神赋》中所塑造的宓妃，在我看来，是对美女赞美的巅峰，"皎若太阳升朝霞"，"灼若芙蕖出绿波"，这种婉转娴娜的姿态，让今天的我们读起来仍向往不已。当然，这类美女毕竟是塑造出来的文学形象，有着其夸张的成分，而历史上的那些美女，她们曾怎样生活过呢？有时想，千百年来在岁月的河边曾生活过无数的美女，她们如春天的花朵灿烂地开过，也静静地谢去，然而，在花开花落之间，她们经历过什么样的迤逦往事呢？翻开历史典籍，已很少能寻觅到她们的身影了，但是，有一点可以肯定，过去的那些女人，包括美女，在幽闭的环境里，像一个美丽的饰品，在生命的不同阶段挂在不同的男人身上，是父亲的女儿，丈夫的妻子，或者是儿子的母亲，唯独没有自己，她们寂寞地生活着，悄悄地委顿着，就这样过了一生一世。当然，有一些美女还是留下了痕迹的，如王昭君、杨玉环之流，仔细想想，这些美女的事迹之所以流传下来，因为介入了当时的政治生活，有了自己的内容，才被后人记住的。没有汉元帝的和亲政策，就没有流传至今的昭君出塞；没有安史之乱，杨玉环只是三千粉黛中的一抹残红，更不会被后人记住。王昭君是那个时代的铿锵玫瑰，弹着铮响的琵琶，走向茫茫大漠，那是一种壮丽的美；杨玉环"宛转蛾眉马前死"是一场政治斗争的牺牲品，是浮华之后的虚空，有一种凄凉的美。其实，是历史赋予了她们内涵，使她们在岁月的长河中鲜明地凸现，从而跨越时空而被后人记住。在我看来，李清照也是一个美女，虽然我无法描绘她的容颜，但我认识她的灵魂，她的内心，在初秋乍起的金风里，吟唱着"花自飘零水自流"，将秋天吟唱成一个怀人的季节，是才情赋予了她绝世的美，因此，美女需要内涵，这个道理古今相同。

今天的女性每天和男人一样为生活奔波着，匆忙地生活着，匆忙地装扮着自己。或许女人天性中有一种浪漫的成分，希望终身被人欣赏，因此，即使不是美女，也有着美女的心情，在自己的表面上下着功夫，描红自己的唇，擦着增白的粉，甚至在身上动着刀子，让自己速成一个美女，取悦着自己也愉悦着别人。走在街头，看着千姿百态的这类美女，我总是想起娇艳的水仙，她们在自己一生只有一次的花季里，优雅地、短暂地开着，然后归于凋零。我也想起了另外一些女人，她们在追求外表的同时，更注重对内心世界的修炼，有时，她们如梅花般的坚韧，懂得在严寒来临时，如何释放自己的美丽；有时，她们像春天的康乃馨，温和谦逊，在万丈红尘中守住宁静；或者，她们走过花季只是为了嬗变成为果实，这样的女人，一年四季都有着花样的容颜，一年四季都有着花开的心情，这样的女人，是将自己修炼成一个美女并成为经典。

有时想，所有能让女人速成美女的手段，只是在表面上下功夫，能改变的事实很少，向美女靠拢要靠改变气质。曾经见过浓妆艳抹的女人，跳着脚在街上骂人，猩红的唇里飞出各种伤人的言语，让人只想尽快地逃离，这样的人其实与美是相距甚远的。

　　当女人把自己描绘成一个美女，这种浮在表象上的美是肤浅的，当脂粉已不能遮盖岁月的痕迹时，女人到哪里找块遮羞布遮住自己呢？所以，描绘外表不如描绘内心，当一个女人心怀善良，关爱他人，自爱而有尊严地活着，其实是在内心美容着自己，即使是素面朝天，也已经是一个美女了。

细思量

完全没有想到的，在苏州，与"细思量"这三个字相遇了。

是在旅游景点里，最平常不过的小店里遇见的。一字排开的真丝方巾上，老绿的线绣着古妆的丽人，临花独立，掐着金丝的"细思量"三个字绣在右上角，粉艳艳的底色，有着绿波荡漾的缱绻之意。手在丝绸上滑行，微凉中又让人欢喜，一块方巾，就让人感受到了苏州妖娆万方的富丽，烟波画船，荼蘼外烟丝醉软，有着惊艳的美。而"细思量"这三个字，最配这飘逸的方巾了，就像一个人，挥着方巾，洒泪送别，再无相见，尔后，风烟俱净，只剩下"细思量"这三个字，里面藏着岁月的尘烟。

"细思量"这个词语很古典，总是让我想起古代美人来。"浮生若梦，细思量，愿君心记取，回望处，落花缤纷……"春思秋怨，云裳花容，都是为着那个人，寂然思念，默然欢喜，个中的滋味谁能参透。"细思量"这个词语读起来很缠绵，有着意境幽幽的意思，爱一个人而不得，那就只有在绵绵的细细思量中，提醒自己不要忘记。细思量，是静夜里隔枝听花的寂寞，是春天里疯长的藤，是放在玉壶里的冰心，明如春水，思绪浩荡。

薄情少年如飞絮，说的是薄情的人很多，而所有的飞絮背后都有着一段细思量吧。曾经的海誓山盟是真，以后的离弃薄情也是真，爱情死去，不肯放手的那个人，心中剩下的只有细思量了。年少时读《西厢记》，记忆最深的是崔莺莺，这个妙龄的姑娘，系春心情短柳丝长，在情窦初开的时候，遇到了张生。"待月西厢下，迎风户半开"，银色的月光，打在花朵般等待的人的衣襟上，那是冰清玉洁的初恋。那颗等待的春心，是飞舞的蝶，听似无声，却又翩跹翻飞。但是，一转身，爱散花落，只剩下似水流年，还有流年里等过的那个人。细思量，不能忘，人生苦短，能被记住的片段不过一二，那个等待的夜晚，应该会被莺莺无数次地想起，用来温暖自己零落的人生。被离弃的崔莺莺，在《告绝诗》中写道，"还将旧时意，怜取眼前人"，虽深情于心，但绝不纠缠于外，这就是她的好。她的好也是张生（即元稹）念念不忘的，多年之后，已过中年的他，在某个春天的清晨，想起了那个叫莺莺的姑娘，遂写下"醉闻花气睡闻莺……二十年前晓寺情"。元稹这个风流的才子，虽然，他在抛弃崔莺莺时是那样决绝，但是，在细思量而落笔成诗的那一刻，他的感情应该是真的吧。

还有更要命的细思量，那是《牡丹亭》里的杜丽娘。这个痴情的姑娘，春日游园，梦遇了柳梦梅，后千思万念感梦而亡，细思量，让这个好好的女子为了爱情断魂。她在地下埋了三年，还复生，之后与柳梦梅花好月圆。但是，我不喜欢这样的结局，我喜欢的结局是，柳梦梅落魄潦倒，扑在杜丽娘的香冢上哭泣，该换着他细思量了，隔着生死遥遥相望，魂相牵，梦相连，让杜丽娘永远做他的梦里人，好教他明白，得不到的永远是最好的。

生活多数时是千疮百孔的，日子琐碎得有时让人绝望，但是，"细思量"这三个字，总是能让我想起，那个叫作爱情的美好东西，那是我们都曾追寻过的一个梦。

邂 逅

　　我喜欢一些活色生香的词，比如豆蔻、葳蕤、氤氲、妩媚等，读起来满口生香，也喜欢那些读起来很有节奏的词，比如邂逅，在我看来，这个词简直就是一篇短篇的言情小说，相遇、相知尔后戛然而止，让人依依难舍，留恋不已。

　　邂逅有时是一种惊喜。初冬的清晨，转过墙角，看见傲霜盛开的菊，一丛丛地堆积在地上，这样的早晨，能与花这样邂逅，人很是舒畅，好似田野里吹来一股猎猎的风，将身体吹成一面旗，在清丽的晨曦中悠悠地招展。

　　某个午夜梦醒的时刻，睡眼蒙胧中，推开窗，看见的夜也是朦朦胧胧的，好像是在梦中未醒似的，抬头远望，目光与夜幕中的一弯新月邂逅，看见她盈盈地浅笑着，于是，人也展颜。在这静谧的夜里，一些久已不忆的往事，那些似乎已被遗忘的人，借着这温婉的月还魂，慢慢地爬上了心头，回忆是一种痛，疼痛中一一浮现旧日的光阴，这样邂逅，简直就是一种病，是的，怀旧是一种传染病。

　　而有的邂逅，则像是看一出大戏，猩红的帷幕徐徐拉开，在云板的敲击声中，粉妆的丽人，甩着水袖逶迤登场，唱戏的人尚未开腔，观戏的人已经痴了，这样直击心灵的邂逅，一生大概也就一两次吧。

在黄山脚下的屯溪老街，曾经历过这样的邂逅。在老街，青石板铺就的小巷从岁月深处蜿蜒而来，人行走其上，仿佛又溯回到岁月深处去了。拐角的一家中药铺，古旧的门板一字排开，那是《本草纲目》的扉页，推门而进，就走进了草木的世界。高高的柜台上，木质的磨药的舂安放其上，依墙而立的中药柜，小小的抽屉里，草草根根都静静地安睡着，等待被唤醒，然后在人间烟火的煎熬中，用自然的清气给人疗伤。在我看来，这些草草根根都是有故事的，当归性温，是逐淤生新的良药，但是，我总觉得当归其实是一封寄给离人的素笺，背后是思妇幽幽的叹息。杜仲强筋骨，是在江湖上行侠仗义的虬髯客；青黛性寒，是薄命红颜的寂寞美人。如此种种，这样的邂逅，好似回到了远古广袤的原野，马蹄声声，书草隶篆，推开西周到明清的柴扉，看见无数的先民在泥土上劳作，望闻问切，耕读传家，生生不息，代代相传，才有了今天这厚重的中华药文化。

那天在老街的邂逅，是多部短篇小说的连读，篇篇醉人。这不，才离开了中药铺，又跌进了胭脂堂。这家胭脂堂，氤氲着桂花的清香，红色的梳妆台，配着红色的锦凳，那是古代美人的香闺。纸盒里的锦囊装着鸭蛋香粉，青花瓷瓶里是晕晕的胭脂和桂花头油，想起史湘云吃着鸭头和丫头们的调侃，"这鸭头不是那丫头，头上哪有桂花油"。坐下来，将心思静静地安顿，感受着都市里稀缺的柔弱和妖媚，试想自己做一回唐诗美人，满身粉黛胭脂的香气，举手之间，甚至还有环佩叮当的撞击声，一下一下，震得陌上花开，蝶作花舞，不知今夕是何年！

人在旅途，不断地邂逅一些人、一些事，收获一些感受，但是，说到底，人最终邂逅的都是自己，那些在自己的生命中留下痕迹的人，其实都是与自己相似的，那些感受也都是与自己的心灵相契合的。邂逅，尔后互相取暖，即使离散，忽而天涯，那也是人生中最温暖的记忆。

想起林黛玉

清晨，隔着窗户，看见院子里的月季花开了。

花开，似乎只是一夜之间的事情。昨天还是花骨朵，羞怯地紧缩着，被绿叶轻轻地捧在手心，拢在怀里，可现在，瞧吧，这些花都开了，一朵架着一朵，红的花压着绿的叶，狠命地制造出一片让人眩晕的花天。这些花，像极了那些情窦初开的少女，丢开了矜持，站在生命的枝头，含着露珠，偎着春光，为着生命里初次的相遇，尽情地欢笑着，笑得花枝乱颤，蝶随花舞。

夜里，雨大风急，为那些初开的花揪了一夜的心，清晨，急去察看，果然已是一片狼藉。整株的月季，披着满身的雨水，失魂落魄地垂首伫立着。大半的花已经凋零，剩下的几朵，皱缩着花瓣，蜷缩在枝头，满腹心事似的，好似失恋的女子，那一地的花瓣，沾着泥水，是来不及收拾的伤心。立在花下，望着满地落红，忽然想起了林黛玉，若她在此，她是洒几滴清泪赋词一首，还是筑冢让落花成泥呢？

纤弱的，整日里填词赋曲的林黛玉，在焦大们的眼里，绝对是个无事生愁的闲人，终究是没有任何用处的，看来，绝世的美丽如果缺少赞赏的目光，只能寂寞地隐在时间的缝隙里。认识林黛玉，只有将她放回大观园里锦绣宝阁中，隔着茜纱的窗，越过凤尾森森的竹，在世俗的烟火之外，才能了解她。

说她至情至性，是再恰当不过的，像所有身陷爱情的姑娘一样，她想把握自己的爱情，"任三千弱水只取一瓢饮"，这是只求唯一的忠贞爱情观。她高洁不坠尘泥，在理想和现实的争斗中，她只想精神的完满。"半卷湘帘半掩门，碾冰为土玉为盆，偷来梨蕊三分白，借得梅花一缕魂"，任红尘滚滚喧嚣日上，只做清波之上的一株香草，在幽静处舞风弄月，浅回低唱。有人说过，女人的生命中都横亘着一条河，此岸是堕落的世俗，彼岸是不懈的追求和飞升的梦想。在我看来，林黛玉就是在奋力地泅渡她的人生之河，只不过她是以爱情为舟，在失去爱情的时候，她最终舍弃了生命。试想，人是否都该有这样泅渡的姿态呢！

说她尖酸刻薄，好像是有点，那是她寄人篱下自卫的武器。想通了这一点，也就看清了我们自己，其实，我们每个人何尝不是寄人篱下呢？寄身在生活的篱下。生活有时像一头咻咻的狼，在它的追赶下，很多人丢掉了明月清风般的心情。可还是有很多人，蹒跚的身影里有着林黛玉的影子。有的人是金子，混迹于万千的沙子中，寂寞无声。但是，他们不会放弃梦想，总想着在一寸一寸的阳光下，一烁一烁地反射着温暖。有的人是一株株的柳，临水独立，没有任何用处，除了美。但是，他们知道，总会在某个夜里，迎着清风，邀着明月，陶醉了某个路人的脚步。有的人是一枝梅，不容于杏粉桃红的季节，于是，他们沉淀，他们历练，他们在心灵的斋屋里坐忘，终于在冰清玉洁的世界，释放了所有的美丽，还有那些清香，那是勇气的芬芳。

女性呢？我一直认为，女性或许都应该有一点林黛玉的影子，以泅渡的姿态追逐梦想，丁寂寞中，在岁月的枝丫上结山生命的果实，沉着，厚重。

日长蝴蝶飞

摇一丝春风，吹面不寒；洒几滴春雨，湖水新绿，只是一转身的工夫，春天就来了，桃红柳绿，油菜花将大地晕染成一片金黄，蝴蝶则翩然归来。

在钢筋森林的城市里，想寻觅蝴蝶的踪影是不太容易的，最好是到郊外的油菜花田里，那里有成群的蝴蝶，赶赴这春天的舞会。最常见的是黄色的粉叶蝶，舞姿轻盈，起伏的翅膀在阳光下熠熠闪光，像极了豆蔻少女，有着初长成的快乐，又有着对未知世界的恐慌，不知道往哪飞，慌慌张张的，甜蜜和忧伤参半。偶尔，有体型较大的蝴蝶在花间穿行，黑色的翅膀上点缀着蓝色的花纹，那是刚结束夜场舞会的安娜，来不及换装就赶赴了白天的热闹。在喧闹的油菜花的衬托下，蝴蝶的舞有一种难以言说的幽静之美，闭上眼睛，你是感觉不到蝴蝶存在的，蝴蝶是寂静的。

停在花上的蝴蝶，它是做着梦的。它梦见城市的水泥地长满了鲜花，清泉穿城而过，青草铺满大地；它梦见成片的蝴蝶在城市上空飞舞，如玉色的花朵，寂静美好。喜欢将美好的女子比作蝴蝶，她们不像鸟那样高飞，只是低低地穿门入户，为寻常的生活平添了灵气。

在飞舞的生灵里，蝴蝶是最富有诗意的。"啊，蝴蝶，我不知道，你是谁家的灵魂。"这是我读过的日本俳句，而这样的问题中国人两千年前就有了答案。屈原，被放逐的诗人，在汨罗江边行吟着"香草美人"的诗句，为他高洁而痛苦的灵魂寻找一个寄托，"余既滋兰九畹兮，又树蕙之百亩"，逐香的蝴蝶一定是俯身过这香草，诗人最终是悲愤自沉了，精神的蝴蝶终究飞不过现实的沧海。大梦一觉的庄子，醒来后，发出了"是我做梦变成了蝴蝶，还是蝴蝶做梦变成了我"的疑问，超越生死也好，摆脱物质的束缚也好，一切只当它是一场春秋大梦吧，这是一只出世的蝴蝶。梁祝化蝶，不被成全的爱情，美丽、决绝，往爱情的死路上赶，"复此从风蝶，双双花上飞。寄语相知者，同心终莫违"，青春的花朵，开在爱情的冢上。

说到底，蝴蝶在春天里，翩翩飞舞，艳溢香浓，美不胜收。但是，短短的数月，它就会逝去，像所有盛开的花那样，香消玉殒，半作香泥半逐土。而在之前，它是丑陋的毛毛虫，在自缚的茧里，经过黑暗里的长长等待，却只有数月的飞舞，每念此总有些伤感。

佛法说：万物度人。其实，不需伤感，蝴蝶是在度人。它在"艳丽随朝露，馨香逐晚风"时，以美丽的姿容悦人，何尝不是将喜悦布施予人；它适时而动，为虫为茧，不恣意任性，这岂不是持戒？在破茧成蝶之前，忍受了深深的黑暗、寒冷和孤独，而后才有了"孤蝶小徘徊，翩翩粉翅开"，所以，它是在用忍辱的精神启示人；经历了久久的等待，只换来这短暂的美丽，飞舞时却是那样寂静、祥和，那是世人稀缺的禅定境界。所以，不需打坐问禅，人只要面对一只蝴蝶，就能修炼自己的内心。

蝴蝶度人，人需自度。读懂了蝴蝶的灵魂，人才能更从容地生活。繁华富贵，如花容颜，逐眼成空，而生命的清欢在次次的争斗中，一丝一缕被层层剥离。人还是得学会坚定地执着，适时地放手，将心静静地安顿，去走这漫漫旅途，走过坎坷，闻过花香，回视身后，明月清辉如许，而生命终究如蝴蝶般盛开，舞动岁月，绚烂天地。

做一只春日彩蝶，追逐生命的花朵，有何不好！

母亲是驻足人间的天使

常常想，每一位母亲都曾生活在天上，就像传说中的仙女，住在星星的故乡。她们以朝霞为经，以白云为纬，织出霓霞的外衣，在天庭飘舞；她们伴霞光而出，随夕阳而归，心中不曾有点滴的烦忧；她们是银河边的临水照花人，惊羡于自己霓霞的外衣和婉约的风姿，她们久久凝视着自己的青春，仿佛没有尽头。但是，有一天，她们褪去了华美的外衣，在尘世中驻足，劳作奉献，她们都有一个共同的名字，那就是——母亲。

有这样的天使在人间，谁能不说是个奇迹呢？她们孕育了万千的生命，而生命本身就是一个奇迹。母亲是慈爱的，她们发自内心的慈爱，能给弱小无力的生命以力量，使他们不断茁壮成长，枝繁叶茂，并最终收获累累硕果，虽四季更替，而母爱不变；母亲是温柔的，一种无所不在却又润物无声的温柔，她们给颓废者以勇气，让悲观者如沐春风，这种温柔能给任何惨痛的创伤以抚慰，并且霍然而愈；母亲是丰富的，仿佛是一部生活的百科书，深刻而睿智，蕴涵着读不尽的智慧，既教导人直面现实的勇气，也教会人寄情自然，体会行云流水般的心境，让人学会自得其乐，学会逍遥；母亲是宽厚的，她们能宽容别人的短处，因为她们深知自己也是凡人，对于跌倒在地的败者，她们用无比的宽厚承载着，如冰雪覆盖着的大地，耐心地守护着来年的春梦，孕育新生的希望；母亲是真实的，她们永远保持着那份母爱，她们如此平凡，却又在平凡中成就了伟大，让所有母爱呵护下的人，念起这无私博大的爱却无以为报，以至于泪水涟涟。

母亲一点一滴地表达着她们的无私，虽然她们的性格也有欠缺，但是，她们总能克服这些欠缺。也许，她们曾流过泪，彷徨过，痛苦过，但是她们总能自尊、自强，而且绝不自恋，所以，她们从不停止自己爱的脚步，奉献的脚步。匆匆而过的光阴，带走了母亲炫目的青春，带走了母亲窈窕的身段，母亲渐渐地老了，而我们以为她们一直就是这样，忘记了她们是驻足人间的天使。老去的母亲是宁静的，那是一种饱经风霜的宁静。她们的脊梁不再挺直，可谁能不说那是岁月造就的伟岸呢？她们的眼睛不再明亮，可谁能不说这双眸给人如归港湾的宁静呢？她们的脸上有很多的皱纹，可谁能不说那是一朵不老的岁月之花呢？

母亲是驻足人间的天使，而这驻足尘世的天使再也没有飞走，那霓霞的外衣一经脱下再也没有穿起。虽然，她们有时忧伤地想着那件华美的外衣，想着自在的飘舞，想着没有丝毫烦忧的日子，或者，只要她们愿意，抛开一切，她们就可以重过云上的日子，但是，她们没有，最终她们继续着尘世的生活，无怨并且心甘情愿。

母亲是驻足人间的天使，面对她们博大而没有任何理由的爱，想用最华丽的辞藻来赞美，却发现语言是如此苍白无力，而文字是如此贫乏。学会感恩，看来是对母亲的最好的赞美，感恩那些花草树木，虽微不足道，却懂得在春晖的抚慰下，迸发出积蓄一冬的热情，开遍天涯海角；感恩命运，感谢曾有的挫折和困顿，懂得生活的厚重；感恩身边的每一个善举，体会人性的温暖，学会感恩，让爱心撒满人间。

感恩母亲，感恩驻足人间的天使。

月 下

初冬的月夜，是一阕婉约的宋词。

以大处泼墨的夜空为幕，以一闪一闪的星星点缀，让萧萧落叶的声音来充实耳朵，那一刻，人就沉浸在诗的意境里了。

那晚，匆匆走在回家的路上，走着走着，路上出现了我的影子，我害怕地止步，不是忌惮歹人的害怕，而是，担心跌进了这如水的月色，扰了这月的清梦。抬头，月亮就像亘古以来那样，就在那里。

弯弯的月，攀在树梢，恰似一盏灯，将姗姗来迟的夜点亮。此时，弯月如钩，这是寂寞梧桐深院锁清秋的月吗，它能钩住那些在深夜里漂浮的思绪，让它们沉沉睡去不再乱人思绪吗？或者，弯月如牙，一句一句地吟诵，诸如"床前明月光"那样的千古佳句；再看，月更像一柄弯刀，似乎是在警醒世人，决裂的爱就像这把刀，去割断这爱恨情仇的羁绊。再仔细想想，我更愿意认为，今晚的月亮是瘦了，不堪思念之累瘦成了这般憔悴的模样，和它一起瘦的，还有在水一方思念佳人的情郎。

有月亮点缀的夜晚是美丽的，而这样的夜晚更少不了诗的点缀，这比如美人簪花，相得益彰。是呀，在无边的月色下，人们那根敏感的心弦，常常被温润的月色拨响，一切的烦一切的幽思，好像都会在温婉的月色中得到寄托，于是，有人对月怀人，有人对月思乡，有人对月抒怀，留下了很多与月亮有关的诗句，李白的那首《月下独酌》最能穿透人心，"花间一壶酒，独酌无相亲。举杯邀明月，对影成三人"，李白在月下独酌，邀月亮共舞，不是浪漫，而是因为他的孤独失意无人能懂。这首诗很寂寞，它让人回想起过往种种，刹那人生，前情俱已味尽，参透时泪洒青衫。当然，也有人只是怀着一种轻松的心情，观赏着月亮，"尘中见月心亦闲，况是清秋仙府间"。这样闲适的心情，曾经也是有过的，多年前，和几个同学在湖边畅谈未来，那时，天上有月，水中有影，湖边的人意气风发，一切还没开始，一切充满期待，那是一段心中有月的光阴，而今，月亮还在，可是，人已离散。

月色如诗，但是，诗在远方，而人们在近处生活。都市里的人，已渐渐习惯用匆忙的脚步去丈量生活，已渐渐习惯了城市的阑珊灯火和钢筋森林的喧嚣，已渐渐习惯将清澈的心灵湮没在万丈红尘。有时，生活就像用力地握着一把沙子，迎面的一阵风，就会吹迷了双眼，也吹走了看月的心情，而头顶的月亮，在人们的生活里已渐渐远离。住在都市里的人已经很少抬头看月了，斑斓的灯火已湮灭了月亮的光彩，月亮出来了，好像只是亮了一盏街灯，月亮落下去，只当是毁损了其中的一盏，没有月亮的夜晚，有谁会在意呢？虽然月亮总是那么温纯，不曾改变。

不曾远离的是童年的月亮，记得小时候，每到中秋，都和父母围坐在院子里的桌旁，吃着月饼，也曾傻乎乎地问过妈妈为什么要赏月，妈妈当时笑着说，等你长大就知道了。那时的我，纯真无邪，哪懂得什么是赏月团圆？哪懂得什么是光阴流年？只懂得在父母的呵护下，年年赏着月。及至长大，明白赏月的缘由时，已是和亲人离别多年了，而我遥望过去的光阴，只能是掬水捧月，怀想在心了。

推门，如水的夜色洒在窗前，是夜，有眠枕月入梦。

闲 望

一直认为，人间有两件事最可乐，一是数钱，二是闲望。

闲望，翻译成乡村俚语就是"望呆"。但是，我更喜欢"闲望"这个说法，闲看落花望穿秋水，思绪悠悠，有点淡淡的古意。在我看来，在乡村，冬天是最好的闲望时机，农人们烤着火，嗑着瓜子，看窗外雪花飞舞，看一朵朵梅花绽放，放松劳累一年的筋骨；而在城市，春天则是闲望的好时节，守着鲜花，晒着暖阳，那一刻，人只着眼于今天，不再思虑过去和未来。

我喜欢闲望，闲来无事时，总喜欢推开窗户，看看外面的风景。天气晴朗的时候，远望，我会看见那条江，在无垠浅蓝的天空映衬下，水似匹练铺在天地之间，浩浩荡荡。日出时刻，看太阳越出水面，像是迫不及待地赶赴一场约会，与天地山川的约会；而在急风劲吹的黄昏，则会看见那些流云，被风吹得像急速翻动的书页，在天际匆匆划过，落日在夜的怀抱里安睡，而一轮明月悄悄地攀上了树梢，白天和黑夜默契地完成了交接。

但是，实际上这样神驰的日子不多。在与生活谋稻粱的辛苦中，有时，丢了闲望的心情。小时候读唐诗"见花如见仇"，不是很能理解，花开艳丽，悦目悦心，这"仇"字如何说起呢？后来，读小说《四世同堂》，小崔得知小文夫妇惨死的消息时，看见鸡冠花红艳艳地开着，不禁骂道，你开个什么劲呢。那时，似乎懂了，花无罪，景色无罪，只是看景的人心境不同罢了，此所谓看花不是花吧。仔细想来，人烦恼的时候，更是需要闲望的心情，看看窗外的风景，适时地放飞一下心情，看草木走过四季完成生命的轮回，看它们遭受风吹雨打，仍然开花结果，最后，以黄的叶红的叶，铺满枯黄的草坪，炫耀自己最后的身姿。这样的闲望，时间久了，能体会到草木身上隐者的况味，一种枯荣自在，不以物喜不以己悲的磊落和从容，沁润内心，这样的闲望，是在生命中开了一扇窗，为身体透气，多少的烦忧都抛在脑后，心中是有着微微的欢喜的。所以，陶渊明有悠然而见的南山，梭罗有澄澈的凡尔登湖，高更有塔希提岛上的灯塔，都为生命增添了一抹亮色。

有人写过，你站在桥上看风景，看风景的人在楼上看你，景色与人从来都是两两相对，看来看去，人在风景里看到的还是自己。淡泊如陶渊明，写采菊东篱下，悠然见南山，这样的赏菊，其实是以苍菊自比；威武如曹操，看的是水何澹澹，山岛竦峙的壮丽景色，可是，在月朗星稀的夜晚，他发出的是无枝可依的喟叹，英雄也是寂寞的；舞榭歌台，残阳细雨，在才子佳人的眼里，看见的都是心中的离愁别恨。"我看青山多妩媚，青山看我亦如是"，这些诗句，与其说是诗人看的是风景，不如说是诗人在风景中看到了自己，归根到底，人最终面对的还是自己。

面对自己，其实就是面对灵魂，在我看来，美丽的灵魂与美丽的风景一样，都是能悦人的，美丽的风景悦目，高尚的灵魂悦心。曹雪芹在食不果腹中用如椽巨笔写出了《红楼梦》，他用书本打开了一扇窗户，让后人阅尽了其中的风花雪月、荒唐心酸，他是行走在天地间高傲的灵魂。回溯人类文明发展的历史长河，有无数这样的灵魂，为我们打开了 扇扇的窗，让我们在倚窗闲望中，看见了无数的风景，让人抬眼远眺万代，侧耳倾听千秋。

有这样的倚窗闲望，我们身处的不再是柴米油盐的闹市，而是迎接归人轻掩柴门的秘密花园，风过之时，所有的花草树木都在为这一刻欣喜鼓掌。

一笔在手　今夕何夕

七月的静夜，微雨，温暖的灯光。

手持一支毛笔，研墨，悬腕，轻点纸上，水墨的夜晚就此徐徐拉开。黑稠稠的墨汁在宣纸上铺陈，一点一点地晕染开去，浸润出一种朦胧而悠远的意境，好似古典女子朱唇边漾开的一抹浅浅的笑意，温婉而恬静。此刻的我，心境澄澈，好比古潭月影，山涧落花，体会到喧嚣都市里稀缺的一种宁静，一种快乐。

喜欢书案铺纸的感觉，白色的宣纸铺陈开来，犹如敞开心怀的豁然开朗；轻拂纸面，满心欢喜，犹如轻碰久别老友的手，默契于心而后相视而笑。擎腕研墨，于运笔渲染中彰显胸中的那点丘壑，此时，我是以墨字为屋，将身心安顿于内，也借墨的那抹馨香，洗去满身疲惫和琐碎绮俗。

这些厚重俊朗的字，好似梅兰竹菊的纸身墨影，抑或如高山流水般的沁入心扉，古往今来不知迷醉了多少人。比如欧阳修就说过："夏日之长，饱食难过，不自知愧，但思所以寓心而销昼暑者。唯据案作字，殊不为劳……可以乐而不厌，不必取悦当时之人，垂名于后世，要于自适而已。"有点冗长的话，但是，字里行间意思很清楚，写字不仅助他消去漫漫夏日，更是他悦己的良方。大书法家王羲之，夏日练字时，北窗的风徐徐吹过，字俊人爽，畅快之余，认为人生快乐莫过于此，遂自封为羲皇上人，这真是心中有乐的人，无处不乐，心中有趣的人，无处不快意。再说那笔走龙蛇的怀素，练习狂草用笔成千上万，不忍心随便丢弃，于是埋笔成冢，洒酒祭祀无可挽回的快乐时光。这一类文人雅事，不由得让人生出一番敬意，由此，也更加喜欢习字并且迷恋。明代的文学家袁宏道说："余观世上语言无味，面目可憎之人，皆无癖之人耳。"每每想起这句话，心中总是暗暗称是，没有爱好的人生，好比花开没有香味，终究是隔着一层的。

最喜欢写隶书，那种蚕头雁尾的字，温和、灵动却不显软弱，一直认为这种字体最适合写古意盎然的诗，比如《诗经》，比如唐诗、宋词、汉赋。手持温润古朴的笔，写"蒹葭苍苍，白露为霜"，写"海上明月共潮升"等，慢慢地，心中升起一种没有膨胀的骄傲。这种书写方式，走过春秋到西周的柴扉，便有了《诗经》；流过秦汉，便有了司马迁的《史记》；流过魏晋，便有了潇洒飘逸的魏晋遗风；流过唐宋，便有了唐诗的辉煌和宋词的婉约。而我则是御笔而行，溯历史的长河而上，探索一脉相连的华夏文明，它是如此瑰丽和灿烂，也使这个秋夜从无数个普通的夜晚中脱颖而出，真是一笔在手，今夕何夕。

书法与我，是默契于心，而对于有的人来说，却是顽强生命力的证明。在丽江四方街，无意中看见，有个人双臂空空，但面容坚毅，他用嘴衔笔而书。他写的大楷，笔笔遒劲；他写的小楷，字字秀丽；他还画梅花，朵朵俊逸。围观的人，潮水般涌来退去，满脸的敬畏，那是对字的敬畏，也是对生命的敬畏。而我则是驻足良久，回眸再三，至今不能忘怀。

这个无臂人以他的方式重新诠释了书法的意义，书法与他，是追梦的翅膀，不知穿越了多少的艰辛和黑夜，才有了这漫天的星光。感动之余，我想，人生终究不过是在寻找一种朴素的方式，到达一个水草肥美的精神家园，获得一些真挚的感受，尔后风定花落留香。

午后的咖啡

有时想，咖啡是适合一个人细细品味的。

清风徐徐的午后，在暖暖的阳光下，走进湖边的咖啡馆，临窗而坐，去喝一杯午后的咖啡。

小巧的咖啡杯，泛着瓷白的光晕，咖啡淡雅的味道溢满屋子，而身边是静静低垂的轻柔窗纱，小巧的桌台上，有一枝娇艳的玫瑰，在独自绽放。从宽大的落地窗望出去，是一弯清澈的湖水，喜欢这安静的空间，而我知道，窗外的不远处就是车水马龙的喧嚣世界。此时，最好是摊开一本书，不紧不慢地读着，让心灵在挚爱的文字里，来一次愉快的放逐，为那些撞入眼帘的清新空灵的文字，做一次深深的迷醉，静静品味，然后投入感动的怀抱。在这温暖的梳理下，慢慢地，心底泛起一种柔软的感觉，好似回到了白衣胜雪的少女时代，窗外的湖，波光粼粼，窗外的天，蓝得一望无际，而我跌进了宁静的时光，独处，谁说不是生命的奇葩呢？

或者，推开书本，让思绪四处流浪，在堆积的记忆里，寻找那些快乐的时光吧。心中的烦恼，职场的压力，无情的流年，将它们统统抛去，带着无关己事的漠然和闲适，静静地去观望身外。任心情随着柔媚如丝的旋律轻轻流淌而去，不经意地滑向，一些早已褪色的时光，一些渐已模糊的人或事，以及记忆里，还散发着微温的零星片段。

那些微温的往事，如同眼前的咖啡值得回味，但纯纯的苦咖啡一直是我拒绝的，那浓郁香气的背后，是悠长苦涩的滋味，给人一种上当的感觉，就像爱情。喝咖啡，我一定是要加牛奶的，就像此时，端起纯白牛奶，冲入热气腾腾的咖啡，看，白色的牛奶直冲杯底，然后浮起，像一朵洁白的花朵盛开再散去，渐渐地与深褐色的咖啡融为一体。忽然没来由地感到一种怅惜，人生如梦如幻如电如露，如泡影般急速且短暂，谁留得住此刻醇美的感受？在陌生的世界里，我们随着时光蹒跚长大，看见了日光，也看见了一些丑恶，遇到了一些困顿；在看过繁华盛景、迷离的五光十色之后，我们逐渐迷失了自己。然而，在生命的冬天，人总得学会回眸一笑，学会坚持与放弃，为那些纠结的悲伤，找一个释放的出口，譬如喝一次午后的咖啡，品味咖啡在烈火的煎熬下所释放出的醇美，或许才能明白，生命何尝不是如此呢？生命也只有在与苦难一次次的对决中，才能散发出岁月的芬芳。

总是一厢情愿地认为，浓烈的咖啡，宛如古旧的西洋画，在斑斓的笔触中凝固的是曾经的美丽，看来，咖啡是适合回忆的，尤其是女人的回忆。每个成熟的女人，都应该找个安静的地方，带着疼惜自己的心情，去细细品尝这午后的咖啡，这苦涩却又香醇的滋味，这是咖啡的味道，也是生活的味道，此时，可以冥想，可以恬淡，可以去领悟人生的真谛，然后从容生活。

夕阳带着奔波一天的疲倦，悄悄地溜进屋子，栖息在我的手臂上，在午后咖啡氤氲的香气中，一种懒洋洋的幸福爬满内心，此时，我以一种从缤纷花季走向成熟的姿态，看见风定落花香。

寂寞的葡萄

一直认为，草木是自然界最自在的一群，它们在自己的节气里，适时而开，不急不躁，从容不迫。梅花盛开的时候，桃花静静地等候，当荷花与水依依惜别时，桂花登场，开启了又一场的芬芳之旅。就连水果也是这样的，一点也不着急，当枇杷偃旗息鼓之后，葡萄才悄悄上场。

葡萄跟其他水果相比，是最接地气的。乡下人家，往往会在门前屋后栽上葡萄，搭上架子，让葡萄的藤蔓随意攀缘，经过一个夏天的忙碌，初具规模，浓浓的绿荫，覆盖着屋檐墙下，绿意森森。老人在葡萄架下闲坐，孩子们则在葡萄架下玩耍，当葡萄扒开绿色的叶子，露出滚圆的身子时，则宣告了成熟的时刻。那一颗颗的葡萄似珠似玉，晶莹剔透，就像汪曾祺说的，将所有的玉字旁的字拿来，都比喻不够。我也喜欢葡萄，最爱深紫色的葡萄，买回来放在白瓷盘里，远看，那就是一幅墨葡萄图，徐渭画的墨葡萄。

传统的水墨画是用深深浅浅的墨，来描绘万物，即使，偶尔有大处泼墨，给人的感觉也是清丽的，轻盈而有禅意。而16世纪的徐渭，他画的葡萄则是浓墨堆砌而成的，一颗颗的墨葡萄，层层叠加在一起，那么迫不及待，仿佛在做生命最后的舞蹈，恣肆却有那么点痛苦。就连那垂下的藤蔓也不是飘逸的，而是那般坚硬，墨色如铁。徐渭笔下的如铁般坚硬的藤蔓，不似春风抚慰过的嫩绿，也不似夏天葱郁的苍绿，它是经过秋风劲扫，冷霜侵袭的磨炼，只剩下墨色如铁的本质。但是，这样坚硬的背后，包裹的却是那颗不甘的心，那么才华横溢，却郁郁不得志，穷困潦倒一生。

徐渭成名很早，少时被誉为神童，二十岁时就被誉为"吴中八大才子"之一，四十岁中举。却因家贫入赘妇家，像他这样一个机敏聪慧之人，此种境况，想来过得并不快乐，极易养成偏激的性格。他的诗被誉为"明代第一"；他开创了青藤画派，以至于清代的郑板桥自称愿为"青藤门下走狗"，膜拜至极；他的戏剧成就受后辈汤显祖的追捧；军事上运筹帷幄，喜出奇谋，晚年培养出了平定朝鲜的李如松大将。这样的一个人，对钱散漫，不结交权贵，也是这样的特质，让他在现实中洁身自好，痛苦挣扎，最后是潦倒发狂、身陷牢狱和一贫如洗。

中国文人大多都有这样痛苦的经历，在妥于现实和洁身自好中徘徊，既渴望坐望南山，也希望入世为官，功名二字将人紧紧抓住，让人失去了飞升的力量，最终陷于现实的泥淖而不能自拔。但是，总有人及时省悟，如陶渊明采菊东篱，看透浮云变化。还有那唐人李白仗剑江湖，一入长安也曾写下了"名花倾国两相欢"的句子，以期搏帝王一笑，但是，最终抽身而去，一叶扁舟，寄情山水。

总是想，即使让徐渭重新选择一次，他还会做这样的自己。我觉得，在他的内心，是生长着一株葡萄的，它的根是扎在灵魂深处的骨头里的，长出的风骨，是他为文为人的脊梁，也正是如此，他的作品不被世俗所左右，越过了谄媚，越过了几百年的光阴，被后人记住成为不朽。在历史的长河中，这样的一类人很多，他们打磨去炫目的光芒，用或浓或淡的墨将自己涂抹成 串串的葡萄，挂在生命的枝头，即使只有寂寞为伴也不悔。

汪曾祺曾说过，寂寞是一种境界，一种很美的境界，喧扰的尘世里，这种寂寞是让人们深深念想而不得的。

| 有趣的方言

　　因为区划调整的缘故，我的工作调动到了三山区，平日工作中接触的大都以当地人为主。与他们交流时，接触到的一些方言，觉得真的是非常具有生活气息，洋溢着浓浓的生活情趣，让人忍俊不禁。

　　三山区属于芜湖市，它由峨桥镇和三山、保定、龙湖三个街道办事处等地组成。北濒长江，与无为县隔江相望，西与繁昌县城相接。三山区的方言大都还是与繁昌方言相近，而繁昌是吴楚文化的交融之地，因此，三山的方言由于受北方移民等因素的影响，既有吴语宣州片，也有江淮官话芜湖小片，各个区域的方言的区别也是很大的。比如在三山区峨桥镇区域内，有些词的发音，不仅读起来很有力道，而且听起来也很有节奏感。比如，在喝酒时，劝人一饮而尽，峨桥人只需用一个字表达，即"干"（读gīng），无须多言，干净利索，充分体现了峨桥人热情豪爽的气质。跑，普通话读起来总有点落荒而逃的意思，而在峨桥，跑读作"颠"，这种读法，我觉得不仅有速度，还表达了人在运动时的一种韵律，很有节奏感。写字的"写"，被称作"特"，写字，叫"特"字，批条子也叫"特条子"，这个"特"字放进故事里，那简直就是一个包袱，抖出来，一片欢笑。在峨桥，曾经听过这么个段子，说从前有一个村子，村民在农闲时自发组织戏班，搭台唱戏，在才子佳人、王侯将相的故事中自娱自乐。其中，有一个老汉，也喜爱唱戏，用现在的话讲，那绝对是个票友，在看了很多次戏后，也有了上台演戏的想法，于是对班主提出了要求，希望能在戏中给自己一个角色。班主看老汉如此痴迷，又架不住他百般哀求，就为他设计了一个情节，又考虑到他是一个文盲，就给了他一句台词，具体就是戏进行到某阶段时，老汉上台，在台上大喊一声"圣旨到"，然后下场。正式登场那天，老汉那个激动呀，终于梦想成真了，老汉登台，亮相，一切顺利，但是，一紧张，忘记了台词，愣在台上，这可这么办，老汉急中生智，大喊一声"皇上特条子来戈喽"，此话一出，全场笑声雷动，老汉也一举成名。

峨桥方言若是和小洲一带的方言相比，那差别是很大的，大得就像是油菜地里种了向日葵，颜色是像，但是各长各的。小洲一带的村民，祖辈是从江北过来开发长江江心洲的，因此说话基本是无为腔，也叫洲上话。这里叫"戈块"，那里叫"乃块"，人们熟悉的庐剧的唱腔就是无为腔的底子，依稀就有洲上话的影子。20世纪70年代后期，复旦大学的一位陆姓的教授到三山中学支教，有感于班上学生方言过重，决定在他的班级启动普通话推广计划，但是，遭到班上学生尤其是小洲一带的学生的强烈抵制，并鄙视地称乡民学普通话那就是"山东的骡子学马叫"。于是，幽默的陆老师在黑板上写上了数字"22.333"，叫一小洲学生来读，该学生用地道的方言读出"奥十奥点噻噻噻（读sǎi）"时，全班爆笑，陆老师趁机指出在开放的社会里，用普通话交流更具有实用性。据说，后来，在陆老师的班级，教师教学和学生交流都是用普通话的，也算是为在三山区推广普通话做出了贡献。

在三山区工作久了，不知不觉地已经融入了这个民风淳朴的地方，这不，领导喊我，我欣然地答道"来戈喽"，就颠了出去，提醒自己待会别忘了找领导"特条子"。

孤标傲世偕谁隐

汉字不仅结构美，还有很好的意境，就像"闲"字，繁体写出来的字形好像一个人坐着看月亮，有很强的画面感。汉字也是含蓄的，就像使用汉字的中国人，几个字一联合，就表达了很深的意思，比如这句"无人问我粥可温"，这里有很深的凄凉，接上后面的一句，"无人与我立黄昏"，更冷，是寒冬腊月的夜，碰到寒冷刺骨的水，寒得彻骨。

这句话是在朋友圈看到的，不好细问友人是在何种心绪驱使下所发，但是，这句话以一种直观的表达击中了我的内心，让我的思绪翻滚，像翻书似的，一页一页，那些感受一一呈现。黄昏和粥的意象很清晰，冬日的黄昏，有人茕茕独立，一碗没有温度的粥放在一边，映衬着孤独的人。而这样的一瞬，那种孤独寂寞的感受，想来每个人都曾遇到过。想起十来岁的时候，我离家住校，每逢刮风下雨的时候，我就想家，想家里温暖的灯光，想象母亲做的菜，在炉子上滋滋地冒着香气，想念母亲对晚归孩子的嘘寒问暖。那时恋家的感受，想来也是可以用"无人问我粥可温"来形容的。只是，那时年少，还没有"无人与我立黄昏"的精神渴求，否则的话，心情肯定是灰而又灰的。

对一个少年来说，"无人与我立黄昏"这句的意思，因为涉世未深，不能深刻体会个中滋味，而对那些在入世和出世之间徘徊过的人，体会就不同了，他们用另外的话表达了心中的丘壑。《红楼梦》里，林黛玉曾写过《问菊》："欲讯秋情众莫知，喃喃负手扣东篱。孤标傲世偕谁隐？一样花开为底迟？"这里的"孤标傲世偕谁隐"，与"无人与我立黄昏"有异曲同工之处，都是对知己的一种渴望。有红学家解释，此处林黛玉是以清高自居，对贾宝玉的感情不确定而吟此句。而我不敢苟同，每次读这句诗，我认为这是曹雪芹借《问菊》抒发自己不被人认识的寂寞，才煮字疗饥的。菊花是开在百花之后，开在姹紫嫣红的春天之外，是经过寒霜洗礼后的绽放，清寒孤绝，迷恋百媚千红的目光，是不会停留在此的，所以，才会有"为底迟"的感慨。

　　除了曹雪芹，陶渊明也是如此。孤标傲世偕谁隐？他进入官场又快速远离，归居田园，最终携菊而隐，悠然南山。李白也是，在他狂放的诗句之下，是有着被掩盖很深的"携谁隐"。翻阅他那些珠玉般的诗句，总有一些句子闪着寂寞的光，照亮后人的眼睛，"古来圣贤皆寂寞，唯有饮者留其名""举杯邀明月，对影成三人"等，无不是写自己的孤独和寂寞。

　　寂寞人人都有，我看寂寞，比如陇上赏花，红绿蓝黄各异。就像"无人与我立黄昏"与"孤标傲世偕谁隐"的寂寞也是有区别的。"无人与我立黄昏"，有渴望搭伙过日子的意思，还有点入世的意思，而"孤标傲世偕谁隐"，则是烟火之外的精神洁癖，最终滑向的是孤独。

　　生命如烛，点燃在岁月的厅堂，总有些时候，人群散去，各种思绪如疾风刮过，那时，有寂寞笼罩了内心，无人可解。

┃ 羞答答

执卷在手，每每读到精彩之处，不禁感叹汉字是有眼睛的，不仅眼睛传情，而且，有的字还是有声音的，比如，"羞答答"，读起来有大珠小珠落玉盘的感觉，一下一下，敲醒了耳朵，落在了心里。

"羞答答"这个词也很美，似满池的荷花，出淤泥而不染，在清风的赞美下，含羞俯首。

"羞答答"这个词很青春，有点少女的气质，天真烂漫。李白写过："耶溪采莲女，见客棹歌回。笑入荷花去，佯羞不出来。"诗云，粉面的少女坐在船上，素手采莲，嘴里唱着采莲曲，突然看见有人，害羞地躲进了荷丛中，再也不肯露面。

"羞答答"这个词也很含蓄，有着欲说还休的意思，就像一个人，内心饱满得像丰收的稻仓，却从不与人诉说，只愿意半掩着门，矜持地等，等那过往的有心人，停下脚步来寻找，引为知己，交出真心，不问聚散。

"羞答答"，是出淤泥而不染的小荷尖尖，是春天里新绿的湖水，纯洁澄澈，不染烟火。就像初恋。少女的爱情是纯粹的，在憧憬爱却又不懂爱的年纪，打开了情窦初开的心，拥抱最真的情。初恋是脱离了物质的要求，无条件地去爱。左盼右盼中，终于看见了心仪的那个人，心中的鼓，就开始敲啊，咚咚地，想好的问候，四目相对时，却又无法开口，只好灰心地垂首默念。而初次牵手的感觉是什么呢，是羞答答，这就是人之初心。这一段爱恋，似开在云上的花朵，脱离了凡尘。所以，它那么美，又是那么脆弱，忽而刮来的一阵风，就能吹散。一转身，爱散花落，只剩下似水流年。人生苦短，能被记住的片段不过一二，这样一场羞答答的爱，应该会被无数次地想起，用来温暖自己的人生。

行走人生，在岁月的揉搓下，绿鬓朱颜的人，转眼就佝偻苍老。而有一类人是经老的，那就是心中仍有少女气质的人，在她们的内心，仍维持着少女时代的纯粹和干净，还有羞答答，少了些强势和现实。这样的人很稀少，她们老的是年龄而不是心。这样的人，是大地上孤生的百合，一直与周围环境格格不入，一生中，只能一意孤行地活下去，很寂寞，很小众。

小众的美含蓄又矜持。张爱玲的美是小众的，她留下的照片，大多都是仰头斜视的造型，清高冷冽，好像是隔着云端在看人，而这样的距离，于众生而言正是难得的寂寞，是早春的玉兰，分外惹眼，又让人仰望。她在婚书上落笔的那句，"愿使岁月静好，现世安稳"，多么小众，有沉思凝眸中拈花微笑的意境，而不是世俗常说的白头偕老。严歌苓的美也是小众的，曾在一个场合见过她，很优雅的装扮，瘦且裙裾飘飘，话语很轻。而给我印象最深的，是她不年轻的脸庞上的神情，她被要求签字的人群围着，有点局促，有点害羞，是女孩子初长成的惶恐，想飞远却又搞不清方向的样子，当时想的是，人多吓着她了。很久之后，读到她写的那句"我不是自信的人，我写作能让我对自己更满意"，这样率直的自夸，就明白，她隐居在用文字构筑的城堡里，呵护着未随光阴而衰老的真性情，免受着烟火的煎熬，才有了那些浩浩长篇。

逢着了这快节奏的时代，一切太过匆匆，匆匆地，无法为风景驻足，匆匆地，无法辨明真情和假意，行走之间，须安之若素，莫问花开几许，不道惆怅，唯愿保留那份本真，安然前行。

想起陶渊明

桃花是个美丽的词,读起来有一股子媚气,好似打开了香粉锦囊,有缕缕芬芳溢出。《红楼梦》里"胭脂鲜艳何相类,花之颜色人之泪",说的就是桃花,它花开妩媚,色娇花俏。但是,当它和"源"字携手,因为有了水的汩汩流淌,就平添了一分灵动,好似一幅山水的画轴被徐徐打开,山重水复,落英缤纷,就像驶动了光阴的小船,向岁月的深处溯源,停泊在陶渊明和他的年代。

每个朝代都有其各自的特点。唐朝是诗歌的春天,姹紫嫣红,繁华富丽;宋朝则与词结缘,从此温婉多情;而魏晋三百余年的历史,则是动乱、黑暗和分裂,各路势力杀伐纷争,在刀剑的叮当声中,黎民如同倒悬。也是在这样的年代,有人以刀剑指路,以求实现英雄的名头,留下的成语也是孔武有力的,比如击楫中流,比如闻鸡起舞等。而有人则寄情山水,隐于山林,以逃避动荡的尘世,如果不能出仕兼济天下,那么就归隐山林独善其身,于是,有了竹林七贤,有了魏晋风骨,时光抵达东晋,陶渊明和他的桃花源也就因势而生。

陶渊明出生望族,其曾祖陶侃官至大司马,而到了陶渊明这辈,则家道中落。他出来为官，是因为听说有官田，设想可以用来种高粱以酿酒，遂欣然前往。此入世为官的过程，很短，只有八十多天，迅疾得像深山里的一场暴雨，来去皆匆匆。这期间，他很累，心累，说着不想说的话，应付着不想应付的人，心为形役，最后，因不满于小吏的傲慢，宣称不为五斗米折腰辞官而去。来时秋阳，归去冬日，期许中酿酒的高粱，还未曾种下，他就已踏上月色归去。归途中的陶渊明像是挣脱樊笼的飞鸟，心中只有重获自由的兴奋，他写到"舟遥遥以轻飏，风飘飘而吹衣。问征夫以前路，恨晨光之熹微"。衣和船随风轻扬，感叹这天色怎么还未亮啊，真是归心似箭。

回归田园的陶渊明再不曾为官，猛志逸四海的豪情早已放下，再不曾提起。此后，他散步在自家庭院里，写他的田园生活，虽然艰苦却是充满诗意的。他选择了闲逸，时光也回馈了他自在。他在田野中与草木相伴，在月色中荷锄而归，与农人只说桑麻长，或者采菊东篱，回首悠然南山，飘逸淡泊的意蕴萦绕千古，也为菊花赢得了花之隐者的美誉。而《桃花源记》的轻轻落笔，也为后人营造了一个世外桃源，在那里，桃花百里，花草鲜美，炊烟袅袅，没有纷争，是人们梦而不得的世外仙境，安放了无数寂寞的心灵。

《桃花源记》和《归去来兮辞》都是鼓励出走，此种出走是生命的暂时出走，是对冗长世俗的一次逃离，在自然中体会一种安宁。人啊，或者是身，或者是心，总有一个在去往桃花源的路上，即使只有短短的几天。人年轻的时候，都幻想过仗剑走天涯，以光阴为马寻找梦想。悠悠经年，当人在滚滚红尘中，经历烟熏火燎，心有倦意之时，总有那样的夜晚，让人想放下手中的一切，寻找一个安静的所在，细数自己的过往，或者，就在山衔落日的黄昏，品一杯清茶，看浮生来回夕阳斜，那刻，心思澄净，心中浮起的岂不就是桃花源吗？

想起那个忽逢桃花源的渔夫，从某种意义上来说，我们都是渔夫，泅渡在人生之河上，寻找心中的桃花源，只是，桃源深深何处有，在远方，或许，就在我们心里。

寻一世的知音

　　嘈杂的KTV里，朋友点了一首《知音》在唱："山青青，水碧碧，高山流水韵依依，一声声，如泣如诉如悲啼，叹的是，人生难得一知己，千古知音最难觅。"朋友的唱功很好，此曲一出，悠悠地，像一股清流，瞬间浇灭了包厢里闹嚷嚷的躁动，四周静了下来，心，就在那一刻莫名地温润起来，有一些片段，有一些话语，似微风吹过心头，又在回望中渐行渐远。

　　知音，是一个温馨惬意的小词。当它被想起时，人似坐在一季明媚中，隔水听琴，山伟岸，水温婉，纵使无言，也会有默契直抵心头。这词更像瓷器般脆弱，轻易不要提起，更要轻轻放下，否则，碎了，则是一地不可收拾的狼藉。

　　一时兴起，搜了搜电影《知音》来看，王心刚扮演的蔡锷，身穿灰色军装，英气逼人，张瑜演的小凤仙，穿花戴朵笑语盈盈，两人一见倾心，开始了尘世里的初相逢。两人一个忧国忧民，一个侠肝义胆。小凤仙为护送蔡锷出逃，上演了近代中国最后的英雄侠女的传奇。"自古佳人多颖悟，从来侠女出风尘"，蔡锷这样的评价，不仅是对小凤仙美貌的钦慕，更多的是对两人精神契合的感叹。蔡锷病逝后，有人代小凤仙拟送给蔡锷的挽联写道："万里南天鹏翼，君正扶摇，那堪忧患余生，萍水姻缘成一梦；十年北地燕支，自悲沦落，赢得英雄知己，桃花颜色亦千秋。"这是高山流水琴瑟相和，小凤仙一定很庆幸，在最美的年华里，遇见最知心的那个人，才有了这一腔深情，她在深深的追忆中，将思念串成呢喃，去呼唤曾经的相知。晚年的小凤仙在贫困中挣扎，但是，在我看来，那段记忆，如花朵娉婷，披着相知的外衣，长在生命的梗上，抚慰着她困顿的心。

一直以为，这世界上最美的相遇，不是在路上，而是在心里。有一种相知，不是刻意追求，却可以像流水无言，静静地，直抵岁月的深处，回首时仍有些脉脉深情。前些时候，看《归来》，别人看的是一个老年男人的催泪爱情故事，而我看的是导演和女主角之间的默契。这两人之间，发生过很多故事，相爱，离别，原谅而后相知。一个男人，以曾经爱人的模样去寻找女主角，在她年轻的时候拍她，二十四年后还在拍她不再年轻的容颜，这样的行为不仅仅是爱了，更是超越了爱，他们不能相守，却能相知，他们心意相通，那一幕幕镜头就是一封封情书，也是他们另外一种形式的白头偕老。

相知，是一种互相懂得。因为爱过，所以珍惜，因为懂得，所以原谅。这份懂得，无须海誓山盟，纵使无言，亦是温暖，红尘深处，缱绻深情，只要你还在，我就不老，那份相知也不老。人生在世一场，绝大多数的错过也就错过了，如果跋山涉水之后，回首想起，那人依旧在荻花深飞处，便很好。

有人说过，人的一生会有无数次的相逢，有些人，注定只是过客，是擦肩而过的风景；有些人，会留下伤口，让人在疼痛中成长；而有些人，则像一粒种子，播在心里，生根发芽，心湖微澜时，摇曳的是一份近山远水的牵挂。

都说草木有本心，如果要寻一种植物表达知音这种情愫，在我看来，"勿忘我"是最适合不过了，它必定在前世开过，随风飘过经年，再相遇时，有久别重逢的喜悦，那默契，似记忆铺陈，一一浮现经年中的过往，细数光阴，有微笑在远方明媚，春意盎然，心亦馨暖。

辑四　履痕处处

周庄随想

　　年少的时候，曾读过戴望舒的诗作《雨巷》，作品中诗人彷徨在悠长而寂寥的雨巷，希望遇着"一个丁香一样地，结着愁怨的姑娘，她是有着丁香一样的颜色，丁香一样的芬芳，丁香一样的忧愁……她飘过，像梦一般地，梦一般地凄婉迷茫"。优美的诗句，就像一枝小小的火柴，火光灼灼，照亮了青春的心灵。美与哀愁是这首诗给我的印象，那时的我觉得青春期的心情也是丁香一样的，如同丁香的颜色，淡淡的粉紫，有些许的哀愁和些许的神秘。那时，也常常想，真有那样的地方，让丁香一样的姑娘走过吗？

　　岁月流转，当已过青葱岁月的我，站在周庄的双桥，面对静静流淌的河水，我知道，已站到了丁香一样的地方。周庄是美丽的，但她的美是别样的，年复一年被时光消磨的古典江南在周庄的怀抱里展现着最后的风采。周庄与大城市的喧嚣是相距甚远的，这里没有高楼大厦，没有灯红酒绿宝马香车，周庄仿佛是一个白衣黑裙的清丽女子，内敛，端庄，只是在不经意的眼波中流转着万种风情。

　　幽深逼仄的石板街道从岁月深处蜿蜒而来，高高低低的青瓦白墙，小巧玲珑的石桥，脉脉流动的河水，仿佛将你拉回到过去，让你觉得生活曾经是如此从容不迫。这里有太多让人怀想的地方，古巷如水的夜色和双桥落寞的斜阳，点缀了多少离人的眼泪；清晨窗前滴雨的翠绿芭蕉，微雨燕双飞，唤醒了多少沉睡的记忆；那双桥下流淌的河水，半河桨声半河灯影，流走了多少前尘旧梦。走在窄窄的青石街道上，把自己想象成那个丁香一样的姑娘吧，让青春年少的往事穿过心田，站在矮矮的屋檐下，雨水滴进了衣领，就那么随意一笑吧，因为对自己喜爱的事物，是需要有所付出的，就像爱需要宽容一样。

周庄的清晨，是让人心动的，她是那样安静，安静得让你能听到风的脚步，风过之处，河水荡起波纹，裙裾飞扬，思绪也随之飞扬，不禁想起了家乡的那座桥和那条长江的支流。那座桥比双桥还要高大，桥上铺着青石板，那桥的栏杆刻着梅兰竹菊的浮雕，河的两岸满是芦荻，等到芦荻花开的时候，一片雪白，真是枫叶荻花秋瑟瑟，那景色整个儿就是一首词。而这一切没有周庄幸运，后来桥被拆了，河也被填平了，取而代之的是冷冰冰的水泥路，而那些美丽的栏杆不知道躺在什么地方，想来已是无处可寻了。其实，无处可寻的何止是美丽的栏杆，在流逝的岁月中，人们曾丢弃了多少美好的东西，任它们荒芜。

在周庄这静静的清晨，我想起了那些失去永不再有的，坐在冰冷的石桥上，深深地遗憾着。

走近天涯海角

　　对于天涯海角的向往，一直深藏在内心，直到我终于踏上海南的旅程，一直往南，在初夏一个椰子般清香的早晨，走近了它。

　　走近游览区的大门，一副对联跃入眼帘，"海南升明月，天涯共此时"，这应该是脱自张九龄"海上生明月，天涯共此时"的诗，细读之下，心中缓缓地升起一种柔软的感觉，多愁善感的中国人将乡愁撒向风中，看来是在天涯海角找到了一个落脚点。

　　顺着景区的大道往前走，路的尽头就是一望无际的大海，向右走下沙滩，向那两块著名的石头进发。在沙滩的右边，成片的椰树或高或低地站立着，背依着伟岸的青山，静静地守候着这片蔚蓝的海湾，好似迷恋着海的辽阔和深邃；海水涌动，仿佛是心仪着椰林的青翠和婀娜，翻着洁白的浪花，冲向椰林，一次又一次不知疲倦；海面如镜，漫天的白云正舒展着曼妙的身姿，偶尔，有群鸥飞过，自得其乐地行吟着晨曦，一切如诗如画，就连沙滩上那错落的岩石，看起来也是那么和谐。看来，世上没有不美的事物，放对了位置，就是风景。

　　一直往前走，经过海判南天、海誓石、南天一柱，在沙滩的最西端，有一堆突兀峻峭的岩石，其中一块形状如巨大的石屋，顶端刻着"天涯"二字，在"天涯"石的西北，一组巨石延绵伸向大海，内中的一块石头如巨笋般刺向天空，其顶端刻着"海角"。这些古朴的石头，虽经海浪经年累月的冲刷，仍屹立于海天之间，以雄浑的姿态，傲视着沧海桑田的变迁。此时，椰树婆娑，浪花欢歌，山在沉思，天涯海角没有悲愁，有的是活力涌动，坚韧执着。穿行于巨石之间，来到海角，眼前只剩下茫茫的海面和浩浩长空，已是无路可走，才明了确实是到了海角天涯，天地的尽头。

关于天涯海角有一个美丽的传说：相传在远古时代，有一对相恋的男女，来自两个世仇很深的家族，有一天，两人相约私奔，但是被族人追赶，两人逃到海的边缘，已是无路可走，于是相携投海，化为两块石头长相厮守，实现了他们生死相随的誓言。又是一个类梁祝化蝶的故事，善良的中国人总是能为浪漫的爱情，寻找到一个美满的结局，来安慰中国式的坚贞的爱。也许，每一个到了此地的人，某个名字和一些前尘旧梦，会如潮水般掠过心头，然后退去。

天涯海角游览区左侧的名人纪念园，是不能不去的地方。这里纪念的是宋明两代流放到此的忠臣名士，如李德铭、赵鼎、胡铨等，行走在这些名士雕像之间，看着那一座座无语的雕像，一股忧国忧民忠贞磊落之气，虽跨越千年，仍扑面而来。胡铨，原是南宋名臣，因为反对宋金议和，得罪秦桧，一贬再贬，最后被流放到了天涯（古称崖洲）。他的铜像给人的印象最深，腰挂腰刀，战袍鼓风，壮志未酬，失地未收的忧愤之色让人震撼，他居崖洲八年，也传经授课八年，"月屿一声横竹，云帆万里雄风"，显示了他处变不惊的气度。当然，还有苏东坡，他流放海南，也爱上了海南，他写道"九死南荒吾不恨，兹游奇绝冠平生"，这些流放到天涯海角的名士，以豁达来面对处境的困顿，以睿智引领文化的贫乏，这一切都是当年的统治者始料未及的。看来，流放对个人来说是一个悲剧，对于海南文化则是一种机遇，正是因为这些孤独高大的身影，曾行走在天涯海角莽莽群山中，使那些原本只是一堆荒凉的顽石，成为一种深刻的精神文化的载体，矗立在历史和现实之间，昭示后人。

离开天涯海角景区，心中很是怅惘，但转念一想，从地理意义上来说，世上是没有天涯海角的，对于今天的我们来说，天涯海角更应当是一个象征，代表着心中永不放弃的梦想，象征着一种孜孜不倦不懈追求的精神，这样看来，我们每个人的心中都是有个天涯海角的。

　　天涯海角已成为我记忆中最美的画卷。

梅子酒

成都好。长亭短亭，绿水逶迤，浣花溪杜甫草堂好，琴台故径里卓文君的爱情传奇好，"晓看红湿处，花重锦官城"，则有繁花压城的热闹，无一不好。梅子酒也好，酒杯一握，对月浅酌，一缕芬芳，铺陈一条抵达时间深处的路，与生命中曾经的温暖相逢，虽淡了痕迹，却隽永留香。

成都地处盆地，周遭的山像一道屏障，围住了湿气，也将一切的甜淡味道杜绝于外，麻辣成为饮食的特色。在这里，食材无论荤素，都要在麻辣油锅中过一过，让麻辣香辛入味，吃一口，那股子麻辣味，麻嘴辣心，尔后在五脏六腑中横冲直撞，最后变成汗珠流出。这样刺激的味道，对于我等生长在江南，惯于清淡偏甜口味的人来说，每日吃饭简直就是一场舌尖上的战争，既畏惧又迷恋。幸好有梅子酒，麻辣难耐时，轻啜一口，润心润肺，有鸣金收兵的意思，遇上了，所有的麻辣均偃旗息鼓。

去成都前，我不喜欢饮酒，在我看来，劝不善饮的女人喝酒如用开水浇花，全无益处，但是，在成都待了一段时间，每天都是用这酒佐餐，便改变了我的观点。一开始饮这酒，是为了抵挡这麻辣的味道，渐渐地，有了青梅煮酒的意境，再后来，虽说与把酒迎风的境界差了十万八千里，但是，杯酒一握，为自己的慵懒找到了一个借口，咱喝的不是酒，咱喝的是一种情绪呢！这个过程，是心境变化的过程，仓央嘉措不是说过吗？和有缘人做快乐事，别问是缘是劫，是呀，只要真心喜欢这梅子酒，喝一喝没有什么不可以。

"梅子"是个好字眼，有烟雨江南的湿气，似乎还有淡淡的青苔味道，而新鲜的梅子，又酸又涩，看了就让人唇齿生津，这也是望梅止渴的缘由。而"酒"这个字，读起来有股子刀兵气，有沙场秋点兵的气势，但是，"酒"和"梅子"一联合，酒就少了几分凌厉的气势，多了几分柔和，有退一步海阔天空的意思，而梅子也实现了由酸涩到甘甜的华丽转身。看来，这世上的事是要讲相配的，比如白雪要配红梅，红花要配绿叶，搭配相得益彰就是风景，而西门庆配潘金莲，那就是往绝路上奔，没有风景只有死亡了。

梅子酒酿造起来很简单，在梅子上市时，拣新鲜的梅子洗净，放入普通的果酒，密闭瓶中，不出数日便成。其色暗红温润，其味甜酸爽口，甚是招人。宋人有诗赞曰："味方河朔葡萄重，色比泸南荔枝深。"想起这梅子由青涩变身为甘甜的过程，不禁对这梅子心生许多感慨。

梅树是乔本植物，生长到七八年，开始结梅子，到十五年左右达到丰果期，这恰如豆蔻年华的青春少女，怀着一颗初心，寻觅着爱的方向生长。《诗经·召南》里写道，"摽有梅，其实七兮，求我庶士，迨其吉兮"，这里，梅子成了女孩急切表达爱意的象征，梅子黄熟，恋爱当时，落梅坠地，青春将逝，郎君何在？人们常用玫瑰表达爱意，如果让我选一种植物表达初恋，那么这株生长在《诗经》里的梅子是再恰当不过了，因为，它够真，够美，也够纯。在我看来，每个等爱的女子，她们与这宛如新梅的先秦女子一样，她们哪里是无人来爱，她们是在盼望着对的那个人出现而已。试想一下，春暖时节，背倚柴门篱院，对踏着梅林古道寻觅而来的如意郎君，捧上一杯梅子酒，轻轻地说，你终于来了，这温暖的话，让曾经的期盼不再独自凉。

想着梅子酒的甘甜，梅子的清丽，今年一定要自酿这酒，等到天青月圆时，且饮一杯梅子酒，让不寂寞的情怀来点小寂寞。

绝版的丽江

　　初冬的暮色中，我来到了丽江古城，入住城南的嘉华客栈。古城南门很是偏僻，加之夜晚的原因，放眼望去，街上没有比肩的人潮，也没有营营入耳的嘈杂市声。暮色中，这座始建于宋末元初的古城，枕着几百年来的前尘旧梦，安然地静卧着，那一盏盏高悬的红灯笼，在夜色中浮现出温柔的光亮，温暖了来来往往的旅人。

　　放下行李，就去寻四方街。由五花石铺就的小巷，从岁月深处蜿蜒而来，人行走其上，好似溯回到岁月深处，邂逅了古城一个又一个的秘密；高高低低的木楼，高翘的屋檐连着垂天的云，让人回想起曾经朴素的岁月；轻掩的木门后，一支纳西古乐在悠悠地飘荡，古朴幽远的意蕴，顺着粉墙黛瓦流淌出来，"树木和石头使岁月流逝"这句歌词，唱出了丽江古城几百年来的沧桑岁月，也直指人的内心，无须感慨，要做的只是将一切负担放下，让心在古城的夜色中，静静地安顿下来。

　　古城没有围墙，有的是四方街，夜色中的古城是伴水入眠的。水伴路而行，巷临渠而建，顺着水流，人总能找到来时的路，不会迷失方向。这些水是流动的音符，在夜色中浅吟低唱，穿城绕街而去，这些水洗去了古城的棱角，洗去了满身风尘，洗去了那些为俗务所累的茫然心绪，以至于让我们这些远来的人，恍惚间以为是回到了故乡。街畔水边，垂柳婆娑，间或有粉色的鲜花点缀路旁，这样的路，不由得让人放慢脚步，生怕错过一些美景。坐在古朴的石桥上，看河里的水草悠游地舞蹈，看河里月色和灯影交织的那点妩媚。丽江，真想扑在你的怀抱，做你河里的一根水草，或是喁喁的游鱼。但是，涌向你的人太多太多，而你本是习惯了清静和纯朴的，我知道，你其实是有些厌倦和无奈了。夜风悠悠，桥畔的樱花，细雪般地飞舞，尔后，在眼前纷纷坠落，这树本不属于这里，就像我一样，在丽江浓浓的夜色中，我跌进了淡淡的忧伤。

找了又找，终于走进了纳西古乐演奏厅。舞台上一群清癯的老人，神情肃然地演奏着古乐，一首接着一首，表达对大自然敬畏之情的《玉龙雪山曲》，清寒孤绝的安魂曲《笃》等。这些简单纯净甚至有些单薄的古乐，以一种平淡之中的诗意，以一种悲怆之后的凄丽，唤醒了那些尘封的岁月。终究是不太懂的，其实，吸引我的是纳西古乐复兴背后的故事。宣科，被誉为纳西古乐之父，他认为，音乐来自悲伤，人们在痛哭时音调的变化，最终产生了音乐，他经历了动荡、波折、贫穷和寂寞，仍致力于整理推广濒临失传的纳西古乐，才有了今天纳西古乐的名扬天下。舞台上的这群人，其实是在用音乐互相取暖的，宣科成就了纳西古乐，成就了这些老人；而这些老人则用纳西古乐为他开启了宣泄悲伤的出口，给了他历经磨难之后的安慰。

清晨，匆匆地就要离开丽江古城了，上车前，不经意地一回首，丽江，向我做了最惊艳的告别。远远地，玉龙雪山骄傲地矗立在蓝天之下，挺拔的身姿从半空中斜切入丽江古城，笃定地将丽江环抱在怀。近处鸟声入耳，远处苍鹰腾空，而丽江古城在莹润白雪的映衬下，徐徐地展示了她绝尘的风姿，满城繁花，半城清泉，有一点妩媚，有一点沧桑，更有身陷都市喧嚣中所稀缺的那点宁静。

丽江映雪，我在心里默念着，上车，再不肯回头，我知道我还会再来，为着白日里映雪的丽江。

送你一张捕梦网

有人说，旅行是对庸常生活的一次逃离。深以为然，这场逃离能让人遇见一些陌生的景物，给人生平添些许色彩，留下美好的回忆。比如，在美国亚利桑那州羚羊谷遇见了印第安人的捕梦网。

我们是自驾前往羚羊谷的，一路上，穿过一片片广阔的荒漠，远方，红色的岩石矗立在湛蓝湛蓝的苍穹下，给人以强烈的视觉冲击，在阳光的照耀下，一切都闪闪发亮。魔幻，只能用这个词来形容了。更吸引我的，是路旁偶尔出现的印第安人的白色帐篷，像一个个白色的坐标嵌在这片土地上，也嵌在了我的记忆里。黄昏，我们到达了羚羊谷酒店，在售卖旅游用品的小店里，我见到了捕梦网。一张圆形大网挂在墙上，里层是用柔软的线，绕了一层又一层的圈，底部垂着毛质的流苏，而旁边架子上，挂着的是小小的网，一排一排的，或蓝或紫或绿，像一个个彩色的泡泡，漂浮在这黄昏的光线中，让人心有恍惚，有伸手捕捉的冲动。当时，很好奇此为何物，当听到同行的美国朋友赛斯说，这是印第安人的捕梦网时，不禁笑了，捕梦网，这个词多孩子气，想想吧，在幽幽的夜里，夜的精灵拿着网，捕着飘飘荡荡的好梦，放在人们的床头，想想就很诗意。

捕梦网激起了我的好奇心，是什么样的民族发明了这样充满童趣的网，这也让我对羚羊谷之行充满期待，也许在那里可以找到答案。据了解，在美国旅行，有个民族是无法回避的，那就是印第安民族。比如西雅图，看似是代表西方文明的城市名字，事实上，西雅图是为纪念本土的印第安酋长而命名的。

　　羚羊谷是印第安纳瓦霍部落居住地，当天，我们的导游就是该部落的小伙子，他没有头插羽毛身上涂彩，而是穿着牛仔T恤，一副普通人的装束，倒是他的黄皮肤黑头发黑眼睛跟我们很相似。当他得知我们来自中国大陆时，说道，他们祖先留下的歌谣里，提到他们是来自中国大陆的，并强调他们也是采草药治病，说罢，就站在峡谷里，自顾自地吟唱起来。那一刻，山鸣谷应，余音袅袅，我虽听不懂歌词，但是，我听懂了一种沧桑，曾经雄风壮烈，而今风烟俱净。同行的男士感动之余，握住他的手用英语说我们是兄弟，而小伙也是频频顿首，重复着兄弟兄弟。临别时，小伙子拿出了一张自编的捕梦网，要赠予我们，几番推却，只有收下，满心感谢。只是因为，我们可能来自同一个大陆，只是因为，我们给了他一点点善意，就收获了他的如此盛情。

　　回去的路上，把玩着捕梦网，我想答案已经找到了。这世上，有人属于夜晚，在暗夜的掩护下，算计着别人，掠夺财富，金钱就是他们的信仰。而有的人属于清晨，有儿童般清澈的目光，行为富有诗意。想起西雅图酋长跟白人谈判时说的那些话："你们没有安静，听不见春天里树叶绽开的声音，听不到池塘边青蛙在争论，你们的噪音羞辱了我的双耳。这种生活，算活着？我是印第安人，我不懂。"

　　是啊，清晨怎懂得夜的黑，如果能选择，我也想做一个印第安人，哪怕只有一天，带着捕梦网，醒在清晨，活在清新里。

竹海古道

初冬的薄暮，我走近了你——天目湖。

在你身边，山环湖而立，山锦绣成堆，它们背依着漫天的云朵，对着这明镜似的湖水，献上四季一个又一个的剪影：有春之灿烂，有夏之苍翠，有秋之明澈，最后，则呈上这依旧碧绿的江南的冬。

天目湖，在你的怀抱里，蕴含着万千的水之柔情，无尽的水之缠绵。田园岛、月亮湾、龙兴岛、静泊山庄……这些好地方，哪一处不能品月览湖，聆风听涛呢？最好是在清晨，轻盈盈的雾先是掠过湖面，然后慢慢地漫过山腰，一切，仿佛被披上了一层薄纱，山因雾缥缈，水因雾朦胧，雾山雾水成就了一幅清新隽永的水墨画。看那岸边的芦苇，舞风弄月，倩影婆娑，衬着天上未灭的晨星，那是《诗经》里"蒹葭苍苍，白露为霜"的景色。当霞光冲破雾的封锁，铺满整个湖面时，那早起的云朵，扭着慵懒的腰身，对着湖水梳洗着自己一朵又一朵的洁白；风徐徐吹过，将丝绸般柔软的湖水推出一片又一片的波纹，"袅袅兮秋风，洞庭波兮木叶下"，这是楚辞里霞光和清风交织的诗行。当阳光照亮整个湖面，天目湖在明媚中沉淀，如一块美玉横陈于天地之间，这时，人们又会发现另外一些惊喜，岸边的灌木调皮地将足伸进了湖水，再也不肯离去；偶尔，有鱼越出水面溅得水花飞舞，而那些快乐的群鸟鸣叫着，掠水而去，在湖面上留下串串美丽的足印，"寒鸦万点，流水绕孤村"，此时，天目湖美得像一首词。

在美得像一首词的天目湖边，我想和白云一道，在珍珠般晶莹的湖水里，荡涤满身的尘埃；我想和鸟儿做伴，放歌，翱翔，让快乐的呼喊溢满这天地之间；想和鱼一起去亲吻一朵朵水花，或者水底悠游的水草。然而，我不能，我只能静静地伫立着，想，在纯粹的快乐面前，人有时竟不如一只鸟或者一条鱼。

天目湖的山，虽说是浙江天目山的余脉，但是，仍让人仰视。冬天的山是寂静的，人行走其间，不自觉地将脚步放轻，怕崆崆的足音，惊醒沉睡的树木。叶片谢去的灌木，消瘦地立在路旁，再也承受不了小鸟的蹦跳；山间潺潺流淌的溪水，让人疑惑早春是否已提前来临；还有那整片的竹海，依山抱石，青翠提拔，"独坐幽篁里，弹琴复长啸"的句子，是这片景色最好的注解。清越的风从耳边吹过，翠绿的竹叶像万千的佛手在空中飞舞，而地上斑驳的光点也随之晃动，偶尔，有片片竹叶飘落，此时，叶在风中，人在画中，竹在心中。

仁者乐山，智者乐水。在天目湖的山脚，眼前所见的是一层层翠绿的屏障，很小的世界，而历尽坎坷劳顿站在山顶，临空俯视，则气象万千。千峰玉立，重峦叠嶂，峻峭深幽的峡谷，还有那望不断的秀水绵绵，尽收眼底，心胸也随之开阔。或许人生，也只有在经历弯曲高低的波折之后，才能体会生活的厚重，学会慈悲，学会宽厚待人，而后从容地活着，这是山的语言。而天目湖的水，滴水成涓，百折不回，有包容世界的胸怀，而人如果能体会水之精髓，水之智慧，那我们的心灵将澄澈如镜，这是水的启示。

初冬的薄暮，我走近了天目湖，就像是走进了　幅如画的美卷。

芬芳之城

中山，是一个以伟人名字命名的市，盛夏时节，来到此地，倍感熟悉，不是熟悉这地方，而是熟悉这样的名字，试想，在我们居住的城市，在我们走过的很多地方，都有被命名为"中山"的桥、公园或者路。这样的名字，有着岁月的尘烟，带着那些厚重的过往，还有打碎封建的枷锁迈向共和的回声，绵延于天地之间，随长风浩荡。但是，我也爱这座城市原来的名字，香山。

提到"香山"这个词，我的眼前总是闪现出一个动人的画面，远处蔚蓝的天空下，风吹禾苗，在阳光的映衬下，一缕缕植物的香气弥漫天地，就如这"香"的本意，有一点温柔缠绵，却也带着一些芬芳，温暖贴心。当然，这是我的臆想，那天下了飞机直奔中山，穿行在绿色的旷野，车一路疾驰，一路上我没看见禾苗，但是，我看见更多的绿色，在我眼前掠过，让人目不暇接。

这是南方之南的南，岭南的南。它不同于烟雨江南的南，这时节，那里是荼蘼花尽，蝉鸣愈烈，而这里，是椰树成排，傲然挺立。如果，把江南比作一个婉约女子，白衣黑裙，只是在不经意的顾盼中，流露出万种风情。而这岭南，则是身披彩衣的奔放女子，跳着探戈，大波浪一颤一颤的，与生活来着一场又一场的聚会，仿佛时光不老人也不散。

当天，冒着细雨，撑着伞，在城市里穿行。城市不大，却又饱满而生动，风穿城而过，拂过一株又一株的树，它们叫美人椰、大王椰等，都是我所生活的城市不可见的。穿行在雨丝中的人群，匆匆地朝着自己的方向行走。在一座老屋前驻足，灰墙红顶，斑驳的墙皮，掀起来似乎能听见岁月的秘密。屋前一株巨大的芭蕉，很舒卷很随意地生长着，相比于江南"雨打芭蕉深闭门"的雅致，这里的芭蕉却随意得近乎放肆。站在屋檐下，有雨滴入颈，就那么随意一笑吧，对于喜爱的事物总是要付出一些代价的，就像爱情。

转着转着，转过一个路口，居然在闹市的一隅看见一座寺——西山寺。寺依山而建，山不高，但是叠翠；寺不大，但是古朴，就如寺的对联所言："山小岂无出云岫，台高还有树参天。"在寺院的深处，寻着了五棵木棉树，这是此处景点之一"六棉古道"的来由，只是由于战火，如今只留五棵。这些木棉树，已有百余年的历史，树干高大，直冲云天，满树的绿叶，在风中沙沙鼓掌。仔细端详这些走过花期的树，花已落尽，披着饱满的绿叶，默默伫立，全然没有花开季节时的娇俏，像人过中年，带着走过花季的从容，惜言如金。和同行的好友，围着木棉，举着相机，拍了又拍，想留下这伟岸的树，它也被称为英雄树，可我更愿意称它为爱情树。

舒婷在《致橡树》中，写到爱的宣言："我必须是你近旁的一株木棉，作为树的形象和你站在一起……仿佛永远分离，却又终身相依。这才是伟大的爱情，坚贞就在这里。"在那个物质不丰富的时代，爱情与屋子、票子、车子无关，却绝对与爱情有关，这样纯粹的爱，在如今，被无数人怀想。

华灯初上时，寻来时的路，却发现迷失了方向。向当地的一个女孩问路，沟通良久，女孩执意送到路口，反复叮嘱才放心离去。挥手告别之时，抬眼远望，温柔的夜已拥抱了这个城市，心也温柔，为这芬芳的城，为这芬芳的人。

碧水含春是婺源

油菜花黄的季节，该去踏青访春，比如去婺源。

婺源为古徽州六县之一，地域上虽属江西，但是，从人文地理上来论则属于徽州文化，其境内"青山向晚盈轩翠，碧水含春傍槛流"，千百年来，以淳朴典雅的风韵吸引着世人，被誉为中国最美丽的乡村。

说到婺源，不能不说那些水。发源于乐安江的河流，为婺源提供了充沛的水系，其境内溪河纵横，"蟠踞徽饶三百里，平分吴江两源头"，此为婺源地名的由来，而其中的江湾、晓起、李坑等著名景点都坐落在溪水河畔。处处都是这样的景色，河流穿村而过，水浅静清澈见底；白墙黛瓦的徽派民居，屋檐飞翘，倒映在清波之上；古桥则高悬低卧跨河越水，联系着彼岸和此岸；遮天蔽日的古樟，站立在桥头，默默注视着袅袅炊烟，聆听着牧童放歌，一派世外桃源的平静。坐上竹筏，舟行款款，桨橹添声，河水荡起细细的波纹，渐生渐散。看水草摇曳，鱼翔浅底，而远处廊桥如虹，峰峦似黛，人在画中游。水，让婺源神采飞扬；水，成全了婺源，滋润了婺源，养育了一代又一代的婺源人。婺源的水是平和的，一如千百年来婺源人平静的生活；婺源的水是清澈的，涤荡了这片土地的万般滞重和种种悲欢，只留下波澜不惊、绵柔平和的婺源或者徽州精神。

在婺源，给人印象最深的是那些白墙黛瓦的徽派民居。远眺，古屋幢幢，次第错落，有它们的映衬，绿色的山，便添了明眸，青翠轻灵。菜花重重，铺天盖地的嫩黄，在它们的簇拥下，白色的屋，便有了黛眉，浓染春烟。还有许多的绿树，白色的梨花，红色的杜鹃，共同装点着这春天的美景，一切都充满着诗情画意。而登堂入室走近它们，感受的则是另一种古朴的氛围。古屋中堂的案几上，都摆放着花镜子，诠释着徽州人祈求"一生平静"的审美情趣，那是徽州人幽静平和精神的体现。走在窄窄的古巷内，历史便呈现出来了。"大夫第"，高大的雕砖门楼，因岁月的冲刷，有了斑驳的痕迹，有些暗淡，有些沧桑，但是，仍气象恢宏。"百柱祠"，从屋梁墙角等处，总能寻到"仙鹤登云""喜鹊含梅""农夫耕田"等图案，那是徽州人安身立命，却又祈求幸福的向往，"耕读传家，诗酒花茶"，那是徽州人屹立不倒的坚韧魂魄。"余庆堂"的窗户，是两片对称的树叶，寓意树高千丈也要叶落归根。故土难离，这些外出为官或为商的人所建的大宅，其实是闯荡世界的徽州人，在故土营造的一隅宁静的家园，是抚慰伤口的一剂良药，是一种象征，象征着成功和兴旺，更是一种纽带，家族间血脉相亲的纽带。

这是一片有灵魂的土地，所有与这片土地相关的一切，都沉淀在一块块粗粝的青石板里，凝结在古巷如水的夜色中，流淌在静静的河水中，徜徉其中，让人感受到一股浓烈的人文气息。"山间茅屋书声响，放下扁担考一场"，便是写照。在这片钟灵毓秀的土地上，走出了一大批政治家、学者及文化大师，最著名的当属八百多年前的大理学家朱熹，这位提出"存天理，灭人欲"的理学家，影响了后世中国的人伦和道德观念，由他手植的寓意二十四孝的二十四棵杉树，至今已是高耸入云，好似一块坐标，彰显着婺源厚重的人文历史。还有詹天佑等，这一个个鲜活的生命，从婺源的陌上走来，而后进入了历史的舞台，他们就是婺源的骄傲，婺源的灵魂。

"一生痴觉处，无梦到徽州"，婺源是值得人一去再去的地方。它像一帧古卷，需要人细细品味；它似一杯绿茶，有着依山绕水般的清澈；它更是一种寄托，安顿着人们浮躁的心灵。

老西河是一盏茶

初秋是个适合怀旧的季节，该去寻古，比如去西河古镇。

说起西河的老，是因为史书上最早关于西河的记载，可追溯到西汉，据记载汉元封三年属丹阳郡，古地名茶庵，明万历年间遭兵毁。这是说远在西汉时，西湖古镇所处的位置还是湖滩，杂草丛生，人烟寥寥，因当地有一庵堂建造于此，最初人们是以"茶庵"的名称来称呼西河古镇的。

说到西河，不能不提流经小镇的两条河，青弋江和它的支流资福河，西河因河流而兴，也因河而落寞。悠悠的青弋江发源于黄山山脉，流经了风景如画的太平湖，在古镇西河峰回路转顺流而下，最终由漳河到澛港出口汇入长江。在交通不发达的年代，西河古镇在两条河的哺育下，成了周边货物的集散地，历经了百余年的繁荣昌盛。后经陆路交通的发展，西河渐渐地隐退到历史的深处，缄默无语。

说起江南小镇，人们脑海中闪现的必然是类似于周庄小桥流水、杨柳婆娑的明媚景色。然而，当你走在西河的小巷内，总有些不一样的风景吸引你的。也是小巷，但西河的小巷建在圩埂上的缘故，它是高于古屋的地基的，这也越发衬托起小巷的幽深。小巷深幽古朴，青石板路面被光阴打磨得晶莹剔透，行走其上，恍惚中，小巷仿佛从岁月深处蜿蜒而来，让人有时空交错的感觉，好似穿越到了清凉世界或世外桃源。那青石的巷道有十七八米之高，抬头只见一线天，经历了上百年，仍上下笔直矗立，这是一般的江南古巷所不能比拟的。高高矗立的马头墙上，一片片青苔，湿答答的，如果掀起青苔，静静倾听，每一片似乎都有一篇古老的故事要诉说。如果你仔细看，在西河古镇是没有柳树的，也许西河面临的是滔滔的江水，汛期时奔腾不息，枯水季节时消瘦隽永，这种格调，与杨柳这些女儿情调的树是不搭的。我觉得，如果把周庄等小镇比喻成白衣黑裙的清丽女子，那西河古镇则是关山月下寒光照铁衣的花木兰，也有美丽，但更多的是长风浩荡的豪气和大气，即使落寞，也是铮铮铁骨，不甘堕落。

在西河，有些词语总是让人浮想联翩。比如"茶庵"，它是西河古镇最早的称呼之一。茶生在草木间，有人间的清气，与芸芸众生有着千丝万缕的联系，而庵则有世外桃源的意味，两者联合在一起，我觉得，则有了一种悠然见南山的韵味，那韵味中有人生的厚重和世外桃源的飘逸，那样的静气和开阔，让人心动。在积墨堂，看见屏风上的一副对联，也让人着迷，"蝴蝶帐中浪暖，鸳鸯枕上风波"，这应该是送给新婚夫妇的吉语，读到它，能让人感受到世俗的喜庆，不惊艳不算完。漫步在 "许慧兰巷子""洪家木匠店巷子"里，心里总是在想，是什么样的人以什么样的故事为后人留下了这样的名称呢？转念一想，或许故事不重要，重要的是有人在倏忽而过的光阴中，留下了老街的沧桑，让后人感念不已。

在古镇的下街道，一处已坍塌的老屋前，有人用楷书工工整整地写了一句话，贴在墙上，"老西河是一盏茶芬芳散发"。这句话是隐含了一种担忧和依恋，老西河衰落了，那些老屋就像老西河身上的一根根老迈的筋骨，每塌陷一处，都是一场伤筋动骨，痛彻心扉，让每一个与老西河擦肩而过的人，在离去时心中都会默默地祝愿，希望它重现过去的繁华。

在美国过春节

春节期间，我第二次来到美国圣地亚哥，第一次是夏天，体验的是长风浩浩，这次，虽是冬天，因为这里属于温带海洋性气候，很是温暖。在故园寒冷刺骨的时节，这里已是丽人春衫薄。

以为在异国年味很淡，殊不知在圣地亚哥海洋公园遇到一场惊喜。踏入园门，满满的中国元素，"土豪金"的元宝被布置在园门口，高大的椰子树挂满了大红灯笼，喜迎中国新年，背景音乐是民乐《花好月圆》。美国人还栽了一棵许愿树，红色的丝带挂满了树枝，随风飘荡，每根丝带上都写着人们对未来的期许，看来，对美好的向往是人类的共同心愿，跨越种族。更让人惊喜的是在中式的拱门下，两个华裔小姑娘在弹古筝，乍闻，当时就挪不动脚了，和"老美"们一起静心聆听鼓掌。异乡听故曲，故园万里情，人只有离开过家，才能体会到思乡的心切，人也只有离开过故乡，才能知晓自己的根在何方。

在圣地亚哥，除了在市中心看到有高楼大厦，越往郊区，目之所及的都是两层楼的住宅，在远郊，那就是广袤的原野，草绿树壮，一派自然风貌。在这样的环境里游玩，基本上是很清静的，很少有人头攒动漫长排队的情形。但是，即使这样，还是遇上了两次排队，一次是为了看湖北杂技团的表演，一次是观赏大熊猫。排了长队，等快到我时，被告知，杂技团场馆观众已满，谢绝入场，可见受欢迎程度。熊猫馆也是等了一会儿才入馆。此熊猫馆有三只大熊猫，一只叫白云，一只不叫黑土，叫高高，第三只是它俩的宝宝叫"小礼物"。白云整场一派女王气质，全程闭目躺着，没正眼看过任何人，倒是"小礼物"很懂礼数，打滚、吃竹子、荡秋千，萌萌地回报满园的惊叫和欢呼。听"老美"们用走了调的中文喊"小礼物"，心有感慨，文化的输出其实是一个国家软实力的体现，而杂技和熊猫作为中华文化的元素，是中国在异国他乡的文化使者。

在美期间，每日，都会步行去海边看日落。靠近海湾的一处院落吸引了我的注意。不同于其他住宅，它是以竹为院墙，透过竹林，依稀可见院内的假山。因这个缘故，我固执地认为这是华裔的住所。终于有一天，和院落主人相遇，经寒暄，果然是华裔，已是四代移民。说到竹子，说是祖先当年以一根毛竹种植繁衍，才有今天的景象。一根漂洋过海的竹子，长在异乡，就像那些漂洋过海的华人，几代人的奋斗才有今天的繁荣。一代移民的奋斗史，也是一段文化输出史，同文同种的文化记忆，刻在血脉里，也许会被掩藏，却永不会被遗忘。

回国的日子近了，我热切地盼望着。

灵性的浮梅船

　　在苏州曲园，临水而坐，斜阳疏柳，好风掠水。我的目光注视着水面的一角，那里，曾经停泊着一艘叫"小浮梅"的船。虽然，它早已不在了，它在属于自己的时代里，走过了三春，最终消失在历史的尘烟里。但是，这艘有灵性的船能带领人们开启昨日的帷幕，找到被岁月掩盖的雅致和从容，在那里，一切仍深情如昨。

　　曲园的旧主人是清末经学大师俞樾。当今，俞樾这个名字也许并不广为人知。俞樾在其随笔《小浮梅闲话》里，曾提到过："《船山诗草》有《赠高兰墅鹗同年》一首云：'艳情人自说《红楼》。'注云，'《红楼梦》八十回以后，俱兰墅所补。'然则此书非出一手……则其为高君所补可证矣。"为红学的考证提供了线索。由此可见，俞樾在当时学界的分量了。

　　在曲园中乘船缓游的俞樾，想来是闲适的，也许他不富丽，不张扬，但是简约，宁静，就像梅花，有着悠悠的清气，在严寒中修炼，纵然看尽繁华，却风骨依旧。

　　俞樾将他的浮梅船加个小字以自谦，而"浮梅船"的名称，最初出现是在《地理志》里。此书记载，传说中南京有梅湖，有人以梅为筏，沉于此湖，有时浮出，至春则开花，流满湖面。这样的画面很美，试想一下，日落薄暮，晚云收起之时，满湖的梅花幽幽地浮起，有明月相伴，有暗香浮动，梅花姿态安然，无意聚散，任它流水四季，适时而开。这样的景色，不仅惊艳，更让人心醉，真愿在那一刻年华老去，就那么守到天荒。而在明朝，"浮梅船"这个名字再次出现，黄贞父在《浮梅槛记》中自序，他在黄山游玩时，看见有竹筏漂流，遂想起家乡的西湖，湖水清且广，雅宜此具，归来与好友造船。船用朱栏青幕覆盖，与烟水云霞通为一席，并以《地理志》中的记载，称为"浮梅槛"，"槛"即为船。据记载，当黄贞父等人驾浮梅槛时，观者如堵，风雅不输苏东坡、白居易。

有人说过，人以群分。这个群，在我看来，就是精神的契合点，人生在世，会和很多人相遇，那些最终能成为朋友的人，都是与自己相似的，说到底，人最终相交的还是自己。俞樾、黄贞父等人身处不同时代，但是，他们都是惺惺相惜的一类人，都有着追求真善美的心，虽然，中间隔着长长的旧光阴。

如果把中华文化比喻成一条河，溯河而上，沿岸有庙宇氤氲的香气，还有纵横阡陌间，农人挥锄，从黛瓦间升起的炊烟，更有"浮梅船"御风而行，风过之处，一页一页的诗书被翻开。那个在《诗经》的河水边，闲闲采荇、左右流之的女子，有着最朴实的美。那个在《越人歌》里，驾一叶兰舟，唱着"今夕何夕，心悦君兮君不知"的越女，有着最执着的真。那个在《哀郢》中，写道"鸟飞反故乡兮，狐死必首丘"的诗人，即使死去也割舍不了对故乡的眷恋，有着最大的善。

"浮梅船"离今天的我们有多远，从时空的角度看，它离我们很远，但是，从精神的层面上说，它一直都在。前一段时间，有的地方受洪水侵袭，发生了灾情，当人们慷慨解囊，为受灾的人们送上爱心时，有一句话感动了很多人，"就算大雨让城市倾倒，我也要给你拥抱"。是的，只要追求真善美的心在，那艘"浮梅船"就在，并给这世界以诗意和温暖。

我来自文明古国

去美国探亲前，组织有交代，在外要注意修养，展示来自礼仪之邦的文明风貌。当时，自信满满地认为没有问题，由此，带着五千年文明熏陶的骄傲和自信，开启了我的行程。那份骄傲像空中的旗帜，在风中猎猎招展，或者像一个气球，里面全是膨胀的自信。完全不知道，在之后的旅程中，这样的自信和骄傲有时是多么脆弱。

洛杉矶是这次行程的首站，名字很美，意思是天使之城。而在这天使之城，更有艺术天使聚集之地——好莱坞。漫步在街道，街边树影婆娑，煦暖的阳光透过树叶，在地上撒上点点光影，放眼望去，红色的地面上，镶嵌着一个个金色的五角星，随道路延伸向远方。许巍的那句，生活不仅有苟且还有诗歌和远方，用在这里很恰当。每个星星上都刻着名字，以此纪念他们在艺术领域的杰出贡献，这就是闻名世界的星光大道，这里也有李小龙的好莱坞之星。漫步于此，很是惬意。渐渐地，发现了一个现象，当有人从我身边走过时，他们都会歉意地说声抱歉、对不起。当目光与陌生人相对时，对方都会投来礼貌的微笑，久久之后，我问了同行的严蝶飞女士。蝶飞女士说，这是尊重，他们与你擦身而过时认为妨碍了你，而微笑是友好的问候，是友爱。知晓答案的我，脸有点潮红，不是煦暖的阳光作祟，也不是手中的热咖啡使然，而是，想起这一上午的闲逛中，我从很多人身边贴身而过时，面对很多人的微笑，我只是无礼地沉默相对，细思汗颜。

逛了又逛，决定去附近的中餐馆用餐。透过店里的玻璃窗，见客人不多，我自顾自地走了进去，并徘徊在店里。这时，蝶飞女士牵着我的手，将我引至饭店的玄关处等候。惊讶的我问怎么了，蝶飞女士说，我们来就餐就像到了别人家，要等服务员来请我们，这是礼貌。我不服气地说，我是花钱消费。蝶飞女士认真地说，消费是能力，而等待却是修养。望着蝶飞女士美丽的大眼睛，我意识到自己又受了一次礼仪教育。想起我的同袍出国旅游，少数人也是在花钱消费的心理驱使下，做出种种无礼的举动，而被世人诟病，在追逐物质的道路上，有些人丢下了老祖宗留下的那些谦和恭让等优良品质，只剩下消费的能力和咄咄逼人的失仪。

洛杉矶的迪士尼乐园也是这次旅行的首选。灰姑娘、白雪公主城堡等，各种彩色的房子，被瓦蓝瓦蓝的天笃定地拥在怀里，一切皆如梦幻。看过烟火秀已是晚上九点，准备离去，我慢慢地倒车，在回首看路的刹那，只见主路上一眼看不到头的车龙，耐心地等着我，没有喇叭催促的声音，而在那些车里，是和我一样疲惫急着回家的人。驱车，离去，一路上心中很暖。

回国，在机场搭乘地铁回家，我欲投票出闸的一瞬，凭空伸出一只手，投票抢先离去，这一举动像根针，彻底扎破了我内心那个膨胀的皮球。我侧身在票闸口，看能否等到谦让的人，一个，两个，一直到第八个人，终于，有声音响起，您先请，这句话，就像一杯还魂酒，还了我对五千年文明礼仪信心的魂，道谢后，离去。

回去的地铁上，反复播放着二十四个字的社会主义核心价值观。在我看来，和谐是彼此谦让的温暖，友爱是别人困难时的援手，团结是彼此依靠的信任，只有从小处做起，或许才能回归文明古国的风采。

辑五　苍山横翠

红尘里开满寂寞的花

我看寂寞，如赏春花，姹紫嫣红，远望和近观都能感受到穿越岁月尘烟的红尘寂寞。

有的寂寞像使君子花，花色朝白午红暮紫，如曹雪芹，一生命运起伏跌宕，变化多端，却有着繁华落尽后的无畏，他的寂寞，是渗透在其煮字疗饥的恢宏巨著里的。

而有的寂寞似孤寂的幽兰，花色淡白，是张爱玲，别人都在琐碎的日子里热闹地过活，唯有她冷眼旁观，似开在云上的花朵，俯视着红尘，看万千的爱随风飘散，无尽苍凉。

曾有一好友，因职场受挫，深夜来电，述说自己平日里因言语较少，被认为是不能融入集体，因而失去了一次调动的机会。不禁感叹其多年来不为人理解的寂寞。放下电话后，我思索良久，其实我说的那些安慰她的话，是抚慰不了她的寂寞的。人生有累，寂寞无形，寂寞是漂浮在自己心头的思绪，别人只能窥一斑而不见全豹，她的寂寞我若全部能懂，能去安慰，人世间就不会有知己难求的幽幽感叹了。喧嚣的红尘，拥挤的人群，每个人都像花朵般盛开，但是，每片花瓣上都被打上了寂寞的光。所以，人寂寞时，还是要学会自己担当。

有时，寂寞是热闹中的拥挤，是拥挤之后的冷清，是繁华落尽后的孤寂，是花开时节的无人赏识。而寂寞又是那么无常，它总能悄无声息地潜入人的内心，像一条蛇静静地蛰伏着，平静时，人无知无觉，但是，当它悸动时，那种感觉是发自肺腑的。

记得很多年前，在黄山清凉台看云。先是在山脚，成片的云朵像棉絮似的一层层地铺开，尔后，在山风的吹拂下，慢慢地升腾，逐渐汇聚成了一片云海。放眼望去，此岸云白，彼岸山翠，人处其间，仿佛抬脚便能踏入缥缈的仙界。当时的我，人还很是青涩，心中有无限的感慨却又无法表述，只是在心里默念起了那句"行至水穷处，坐看云起时"的诗句。多年之后，在见过许多世间乱象，蹚过许多泥泞坎坷以后，才豁然明了，行至水穷处，坐看云起时，不仅是一种观景的状态，更是一种寂寞的情怀吧。就比如一个人，在红尘中与物质苦斗，与梦想较量，在人群中苦寻自己的位置，猛然间，发现自己两手空空，斗志远去，无心恋战，这个时候，漫过心头的就是此种寂寞吧。

总在想，我们看过的每一片云，欣赏过的每一朵花，这些大自然造化的物件，不过是叩开滚滚红尘的一个个密码，身处其中，似乎满目都是繁花似锦，水草丰美。可是，当我们在阳光下蹒跚长大，踩过繁花似锦下的泥泞滩涂，看到所有的盛开都是刹那芳华，明白所有的繁华最终都会零落成泥时，我们每个人不都是一个个寂寞的花蕾么！不甘寂寞的人们是多么想脱离这样的轮回，迈向永不会失去永不会离弃的乐园。于是，人们做各种的事情，想为寂寞披上一件隐形的衣裳。有人打牌，有人画画，有人写字，而人生就在这一点点的琐屑中一天天地过去了。还总有那样的一些人，他们用双手托起灵魂，碾冰为土玉为盆，染雪为莲云中来，用刹那的绽放，于寂寞中开放出一树一树的美丽，以此来安慰多少折戟沉沙的英雄，牵绊住多少不被成全的浓酽纯情。

总有那样的时候，人群散去，寂寞如疾风刮过，呼啦啦地吹啊吹的，黑夜就笼罩下来了，彼时，寂寞如花朵般盛开，席卷了整个世界。

盖一枚岁月的印章

深夜乱翻书，读到一段趣事。说的是，清朝文人袁枚有次闲来无事，制了一枚闲章，题为"钱塘苏小是乡亲"，并印在了诗册上，一天被某公看见，因知苏小小为南朝名妓，遂叱袁枚此行为不伦，袁枚听说后，不以为然地说，百年之后，人人都知苏小小，但是，无人知晓某公你，闻者无不大笑。读后，甚觉有趣，趣在袁枚的率性，也趣在印章的内容，所谓的惺惺相惜就是这样的吧，虽然中间隔着千年的旧光阴。

一时兴起，遂拿出收藏很久的印章把玩。青田石的藏书章，该是我平生所刻的第一枚印章吧，是在大学时刻的，现在想来，也只有那样从容的日子，才容我放慢心思，在一方石头上细细地雕琢。那是在三月的校园，一丛一丛的梨树，小小的花苞，紧锁着如潮的春意，而心思如天上的白云，朝飞暮卷都是为着心仪的那个人。坐在花下，一心一意地刻着，每一划都是青春的印记。记得刻好后，攥在手里，穿过有月光的夜，坐了八小时的绿皮火车去送，去寻幸福的轨迹。送到后，我和他都好兴奋，沾着红艳艳的印泥，在他所有的书上，盖了又盖，白纸上印着红色的小篆，那是雪后的红梅朵朵，分外喜悦。如今，每当再用这枚印章时，仍然有素衣锦年里好时光的感觉。我有时想，我们在红尘中等而又等的人，都是前世留有印记的，等着今世用各种密码来相认，而我的密码就是这枚青田石的印章吧。

我的印章是寻找幸福的密码，而对有些人来说，闲章则是抒发情绪的缺口吧。明代书法家祝允明因其右手指旁多一小指，所以自号为"枝山"，并刻了"枝山""枝指山""枝山道人"等闲章来自嘲，幽默中透着自信。由此看来，只有心灵的残疾才是真正的残疾。郑板桥用于书画上的闲章颇多，他的一幅《花卉长卷》印章竟达12枚，他还刻有一枚"青藤门下走狗"闲章，意思是说他愿拜倒在徐渭的门下，表达对徐渭五体投地的钦佩之情。这是低到尘埃里的姿态，从心里开出的崇敬之花吧。

记得，以前在西安看古玉印展，那些刻在玉石上神秘如卦文般的文字，印在薄而又薄的纸张上，纸黄印红，恍惚间，让人有种前世今生的感觉。这些或篆或隶的印章，从三千年前的殷墟走来，穿越汉宫秋月，流经唐风宋水，飞度千山暮雪，抵达繁华的今世，落在我的心里。有些印章，如"麦田家玺""文德庙左千人""江风山月"等，都有着美好的意境。这里面有麦田，有庙宇的香火，有奔腾的江水，还有华夏民族生生不息的家国情怀，一切都像麦垛般朴素而真挚，直击人的心灵，让人在观赏之余，体会到一种没有膨胀的骄傲，使人在古人的情感里又活了一次，感受到一种血脉相连的传承。

我有时想，时间好似一团烈火，煎熬着一切，将很多的美好都熬干了，像药渣，黑黢黢干巴巴地堆在地上，任谁都有绕不过去的尴尬。但是，煎熬之后，总有一些东西会留下来，似金子，似钻石，在岁月的深处熠熠生辉。是的，流传了千年的印章文化，是在光阴的烈火中淬过的大美。那人呢，或早或晚，生活也会给我们每个人都刻下印章的，用历练做刀，用时间做泥，刻在我们的血脉里，水洗不去，刀刮不掉，盖在我们渐渐老去的光阴里。

花媚玉人面

　　周末，一场小聚，有好友携一粉面娃娃参加，初见时，娃娃有点害羞，怯生生地牵着妈妈的衣角，混熟后，拿出花花绿绿的贴纸，要给大家打扮。先是拿了一片红色圆形的贴纸，贴在自己的眉心，然后，把每个人的眉心、面颊都给贴上。当时，心中闪过一词，"花钿"，这就是古人所称的"花钿"，古代女士们一种重要的化妆手段，虽然它改头换面成了今天的贴纸，少了当年的精致和香艳。

　　"当窗理云鬓，对镜贴花黄"，《木兰辞》中就写过，这花黄就是贴在脸上的小花片，又叫"花子""花面儿"。当花木兰战罢沙场九死一生归来时，要恢复女儿装束，必须要对镜贴花黄，以宣告女性身份的回归。花蕊夫人的《宫词》中也曾经写过，"不知红药阑干曲，日暮何人落翠钿"，写的就是万紫千红的春天，伊人已归，而独留一片片翠钿，与花争艳。由以上的诗句可知，至少在一千年前，用一片小小的花片来装饰自己的面容，已是当时最普遍的化妆技巧了，而这技巧走过唐朝一直延续至明代，潘金莲"粉面额上还贴着三个翠面花儿"呢。当然，这种化妆方法在唐代是达到巅峰的。翻阅唐人诗句，固然能读到胭脂红粉泪，但是，也能相遇花钿纷飞处。"月落乌啼云雨散，游童陌上拾花钿"，郑仅写的是仲春的田野，踏青的丽人，裙裾飘飘，一路欢歌从春天的田野走过，身影已去，而遗落的花钿则暗示她们曾经来过，不是落花季节，她们用花钿制造了落花，飘落在光阴的深处。

古代的女性，用一片片花钿来美化面部，想来，是借花的姿态，来表达人比花娇的意味吧。今天的女性，大多也是化妆的，只不过化妆的手法从当年的花钿，演变成各种的霜粉等，能增白的霜，能红唇的膏，甚至，能纹绣的半永久妆，这些都能让女性速成为一个美女，悦人悦己。但是，这些手段，只是在面子上做的功夫，能改变的事实其实很少。当女人把自己描绘成一个美女，这种浮在表象上的美是脆弱的，在岁月战车的碾压下不堪一击。当脂粉已不能遮盖岁月的痕迹时，女人到哪里找块遮羞布遮住自己？所以，描绘外表不如描绘内心，表面的化妆不如精神上的化妆。前几天，因为工作的原因，邀请了一位女诗人来讲课，当她在台上，用诗歌铺陈出一个水草丰美的精神家园时，不禁感叹，在这样内心饱满的女性面前，光阴也会放慢脚步的吧。这样的女性，她们本身就是一本书，深刻而睿智，蕴涵着读不尽的智慧。人们常说女人如花，说的是女性的容颜刹那芳华，但是，慧心婉转的女性们，当她们用文字倾诉对生活的感受和喜爱时，妙笔也能生花，那每一个字就是一朵花，芬芳着人们的精神家园，并能敌住时间的侵袭，四季葳蕤，芳菲不老。

还有另外一些女性，她们也许不爱文学创作，但是，她们爱生活，心中有自信，自爱也爱别人，她们也追求外表的美，但是，更注重对内心世界的修炼，她们将生活赐予她们的磨难苦痛，修炼成了一朵花。这朵长在伤口上的花，不仅有梅花的坚韧，也有康乃馨的温和谦逊，这样的女人，一年四季都有着花样的容颜，一年四季都有着花开的心情，这些，在我看来，都是另一种形式的花媚玉人面。

人生就是一次次的目送

生命中，总有些人静静地来，有些人悄悄地去，有些人成了别人的只如初见，有的人成了他人的云淡风轻，而有些事则会沉淀为淡淡萦怀的温暖。只是，所有的事和人，在一次次的目送中，终将渐行渐远，都会被时间冲刷淡了痕迹，如满树繁花之后的落红，风住留香。

有些词，读起来很沉重，好似一块石头压在心头的重，"目送"就是。《诗经·汉广》里曾写过，"翘翘错薪，言刈其楚。之子于归，言秣其驹。汉之广矣，不可泳思。江之永矣，不可方思"。诗中写到，年轻男子思慕而不得的人要出嫁了，而自己能做的，只能是精心喂养马匹，让她出嫁的那天乘坐，从今往后，思念泛滥成河，却无法泅渡。这也是一种目送，目送一段暗恋，这里有深深的无奈，但是，更有一种胸襟，以一份达观的心境去看待，深深爱着却最终淡淡释怀。这样的目送，是一种不舍，里面有无限的牵挂，还有深情。挥手送别，再不相见，纵有万千的思绪浩荡，终究风烟俱净，不可言说，情到深处人孤独。

而最厚重的目送，莫过于父母子女的目送。龙应台在《目送》中写道："所谓父女母子一场，只不过意味着，你和他的缘分就是今生今世不断地在目送他的背影渐行渐远……而且，他用背影默默告诉你：不必追。"这段话就像一根针刺破了隐藏的回忆，为那些压抑许久的感情找到了出口，那些关于亲情的记忆奔涌而出。

唐诗里说，少小离家老大回，而今，很多人是少小离家老大也不归。因为提前上学，我高中毕业时才十六岁。而当年，离家住校去读高中时，更是很小的人。那时，正是向往外面世界的年纪。每次离家，都无比兴奋，全然不曾顾忌父母的不舍，现在想来，我离去时的背影，父母的目光必是紧紧相随的，而我从不曾回望，去慰藉下他们的牵挂。工作之后，也是离他们很远，偶尔的回家也是来去匆匆，每次都把相守当成未来的约定。

在人成长奋斗的过程中，很多人一心只想飞得更高，飞得更远，从不曾回头张望父母的背影。那时，年少的人啊，更多的时候是在用目光寻找别人的背影，那些我们认为爱着我们的人，或者是我们所爱的人，满眼的不舍和目送都送给了他们，却忽视了父母最无私的爱和他们满眼的舍不得。那时候，以为时间很长，长得让人以为相伴的时候还没有到来，以至于，当父亲突然辞世时，那无限的追悔，一直像刺一样扎在了我的心里。最后送别的时刻，我的目光紧紧跟随父亲，那样的一场目送，让我痛苦，也让我醒悟，目送的尽头其实应该是珍惜。

人在旅途，很多时候都是这样，就像《诗经·汉广》里的那个男子，虽然选择豁达地面对痛苦，但是，不能否认，豁达下面深埋着的是哀痛，让人不甘又无奈。人生如寄，所有的过往，不过是一场体验，韶华太过匆匆，唯有珍惜，才能不负这似水年华。珍惜身边的人，而陪伴是最好的珍惜，善待每个生命，向遇到的每一朵花致敬，感谢它的长情，年年相伴，人只能往前走，带着爱和释怀与时间从容相对。

人生就是一次次目送。在目送中，粉面的娃娃转眼奔跑如风，徒留背影；在目送中，父母的头发染上白雪，让人心疼。时光无情，纵然有再多的留恋与不舍，也挽留不住他们渐行渐远的背影，而我们所能做的，唯有目送，唯有珍惜。

如初遇　如永诀

　　江南的雨淅淅沥沥，不紧不慢地下了一天又一天，空气潮湿得似乎都能拧出水来，这样的天气，宜闲坐，宜读书，更宜喝茶，温茶一握，任岁月如梭，于不动声色中，饮尽沧桑。

　　于是，与二三朋友相约喝茶，去的是湖边的一间茶道馆。不过十来平方米的茶室，布置得雪洞似的，室内素花几朵，窗外修竹婆娑，耳边茶乐悠悠，此处，只适合轻言巧语，任何喧哗的声浪在这里都显得唐突。静默中，温杯、洗杯、烫杯等茶道仪式一一铺陈，举杯欲饮时，忽听茶师说道，茶道不过是烧水喝茶，但是，请用对待初恋爱人的心情去喝这杯茶。听罢，思绪霎时飘得很远，茶香花香，这样的话深动我心。

　　好像有点懂了，对待初恋爱人的心情是什么样的，在我看来，是珍惜。这份珍惜，有幸福的回忆，也有难言的不舍，既有初次遇见时的怦然心动，又饱含着最后一次再看一眼的依依难舍，如初遇，如永诀。看来，茶道的重点在于喝茶人的心情，这喝茶的盅，这被泡的茶，不过是寻常之物，但是，当它被要求如此隆重对待时，它就不仅仅是一杯茶，更氤氲着喝茶人的深情。而人如果用对待初恋爱人的心情去喝茶，那么，他喝的是青葱岁月里的莫逆相交，是他一生的难舍，里面有他的爱与珍惜。

人在旅途，会有无数次的初遇。初遇一场美景，欣喜之情像烟花般绽放，在心头闪闪烁烁；初遇一首好词，为撞入心灵的美好文字迷醉，而后跌入感动的怀抱。而初恋则是旅途中最盛大的一次相遇，于惊心动魄中来一场青春的盛宴，欢悦或痛苦。初遇之时，看见了那个人的影子，心里就像敲了一面鼓，咚咚的，声声都是欢喜，缭绕不绝，生生不息。而诀别则令人神伤，一如柳永《雨霖铃》所说的："执手相看泪眼，竟无语凝噎。"那些曾经与初恋告别过的人都明白，在聚与散的分界点上，人常常是无语泪先流，诀别，让人懂得，爱的尽头是珍惜。

人一路走来，风雨雷电，看似光鲜的外表，其实遍布暗伤，最怕离散，最怕孤单，但是，总有离散，总有孤单。前段时间某航班失事，失去亲人的家属，他们的悲痛让人动容，他们痛苦，他们怀念，我想，他们心中还有遗憾，遗憾许多贴心的话语未曾说出，遗憾未曾好好告别。以为是一次很平常的远行，以为还会相聚，还有陪伴，但是，一场灾难，像一道屏障，隔开了阴阳两界，哪怕是最热烈的期盼都无法到达最黑暗的所在了。有人说过，走着走着，有些人就散了。聚散之间，无论结局如何，重要的是初见时的那份美丽，相守时的那份真诚。所以，相伴时，每次离开都要好好告别，就像永诀；每次相见，都要心怀感激，就像初遇。以相聚时的甜蜜，去填补离别后的空洞，从此，不怕离别，不再孤单。

人与人相遇如此，人与自然相遇亦是如此。挂在树梢的一弯新月，泛起涟漪的潺潺河流，掠过人发梢的一缕微风，都是能安顿人心灵的居所。我想，人的一生不可能至爱万物，至爱很多人，但是，至少有那么一次，怀着如初遇，如永诀的心态，至深至美地去爱一次，爱一个人，爱一场美景，或者一段往事。

金井破梦

　　住在乡村，清晨，是不需要闹钟来叫醒的，因为每天，我都是在鸟鸣声中醒来。

　　睡意沉沉中，清脆的鸟鸣，携着晶莹的露水，一声一声地落下，摇醒了草木沉睡的身体，打破了人沉溺一晚的清梦，衔来日光挂在柳叶青青的枝头，将芳菲铺满生机盎然的草地。于是，万物都苏醒了。每次醒来，我都惬意地闭着眼睛，胡思乱想着，别人的梦是被什么打破的呢？是闹钟的铃声？母亲的絮语？或者是清晨的柔光？或许都有，但是，无论我们的梦怎么醒来，我们都没有古人梦醒时的雅致。

　　何为雅致地醒来？看来还是要到宋词里去寻找答案。宋词《蝶恋花·早行》是这样描写的："月皎惊乌栖不定，更漏将残，辘轳牵金井。唤起两眸清炯炯……楼上阑干横斗柄，露寒人远鸡相应。"原来，古时打破人美梦的，不仅有皎洁的月光，还有暗夜里啾啾的鸟声、鸡鸣、更漏转动的辘轳声，这些都会破人美梦将人唤醒，在这样的氛围中醒来是多么惬意。只是现代人身处都市，为物质所累，寄生在生活的篱下，梦里梦外都是客，已无看月听风的心情，更何况喧闹的城市已无处去寻一口深井了，还怎能奢求金井破梦呢！

一直觉得诗庄词媚这话说得好，宋词读起来，有水润润的绿和柔嫩嫩的粉，那绿是三月杨柳舞春风，粉是灼灼桃花飞絮雪，又粉又媚。"破梦"这词多好，读起来就很有节奏，是大珠小珠落玉盘的叮当声，把梦惊醒了。破开梦的帷幕，就像推开了一扇门，满目都是山重水复的无限风光，一切即将开始，一切充满期待。它不同于"梦破"，"梦破"的意境就差了些，梦破灭了，意味着故事的终结，是山河依旧人未归，是飞花委地无人收，让人黯然神伤。读《小团圆》，年近三十的九莉，深夜走在无人的街上，街灯依旧，斯人已别，寒冬的风将绿色大衣吹起，九莉想起过往的情感，觉得自己就像飘浮在夜色中的大破荷叶，无根无助。此时，她的心是萧索的，眼泪流向了心里，冷成了冰，将心层层裹住。梦破了的心绪就是这样的吧，万籁在心，百转千回，但是一切俱已萧萧。

有个成语，叫作"少不更事"，可见懂事需要经历，经历的事越多，人生也就越沧桑。在我看来，每一个懂得的过程，都是一个被唤醒的过程，也是一个破梦的过程。在这样的过程中，人不断地获得感受，最终脱胎换骨。这样的破梦，是春风唤醒了蛰伏一冬的小草，是飞雪催开了傲霜的红梅，是晨曦对露珠的问候，让它晶莹，让它蒸腾，化为水气而后袅娜为云。我想，爱上一个人，该是人生中最惊心动魄的一次破梦吧。不经意的一眼，看见那个人裙裾飘飘地走来，那一刹，心动了，魂牵梦绕，那寸寸相思，哪一段不是人生中最温暖的记忆？之后，一场离散，再看这个世界，与以前的心境大为不同了，心中多了很多悲悯，悲悯世事的无常，也懂得无奈的含义，心中是再也放不下了，总是在某个夜晚想起。这一场破梦，让人体会到，爱情是一种痛，疼痛中一一浮现那旧时的光阴。当然还有别的，因为人生不止有爱情，那些看不穿的镜花水月，那些争不完的名利物质，都是我们破梦之后的新相识，像是唱一出一出的戏，知道总有结束的时候，却看不穿，还是要唱，唱得人心耿耿，满身创伤。

人生苦短，能被记住的片段又有几个，但是，每个破梦的瞬间总会被记住的吧，因为那些感受，如烈焰野火般映在心里，照亮着我们前行的路。

只想在春风里走一走

在看见那朵花之前，我是一个忙碌的城市人，我的脚裹在高跟鞋里，穿着虚张声势的职业套裙，抱着文件袋，匆匆地赶着路，完全忽视了，此时，春日正好，柳絮轻飘。

在办事处的楼前，不经意中，我看见了那朵花。这花，完全被排挤在修剪整齐的草坪之外，开在墙角地砖的缝隙里，甚至我都叫不出它的名字。它就那么孤零零地开着，在微风轻抚下，轻轻地抖动着。它是那么弱小，薄薄的花瓣，似乎风一用力瞬间就能让它谢了，匆匆地都来不及跟春天告别。可是，它又是那么无畏，细细的茎举着浅黄的花蕊，盛了晨露，盛了春阳，熏然地醉在春风里，慰藉着自己一冬的期盼，即使一瞬，也有灿烂。这朵花，让人心思融化，世上所有的琐事烦忧，所有的茫茫思绪都随风飘去；这朵花，也唤醒了我沉寂已久的记忆，那里停留着另一个自己，那个我，在淅沥的雨声中走过春天的田野，携着怀抱里月季的芬芳，身边有会唱歌的溪水相伴，心中有梦想相随，那样的开心自在。那样的我，绝不是眼前这个装模作样的城市人，我招呼着，春光短暂，惠风和畅，该去春风里走一走了。

　　于是，我丢下了一切的事务，不是逃离，也没有忧伤，我只想在春风里走一走。在空旷的野外，在一棵树下，我拥抱了风，我对它说，你在冬天凌厉，让人刺骨地疼；你在夏天里热情，吹干了人一切的念想；你在秋天里悲凉，将清愁注入人的心里；只有在春天，你才那么温暖，像母亲的怀抱。你那么慷慨，携着绿树青草放在我的身边，将一朵朵春花簪在我的胸前，映入我的眼里。

　　在春风的引领下，我走过了一块块田地。那里有辛勤的农夫，挥舞着坚实的锄头，锄开脚下的沃土，这劳作的姿态还是旧日的模样，但是春风不是当年的春风了。我走过一片池塘，有农妇在洗涤，水面白鹅二三，塘边有树临水静默，有诗人云，沧浪之水清兮可以濯吾缨，沧浪之水浊兮可以濯吾足……这是诗人的借喻，以水洗心，这是精神层面的需求，而对寻常百姓来说，用水洗洗菜根，上灶煮煮，一生的清福，就氤氲在寻常烟火中了。我还看见了一座山，在无垠浅蓝的天空映衬下，山似一缕悄无声息的黛青，远望，那山又像一方镇纸，笃定地压在天地之间，守护着人世间一纸繁华。

　　躺在草地上，枕着清风，思绪还可以随着春风轻舞飞扬。春天是恋爱的季节，贾宝玉也是在春天里遇见林黛玉的吧？宝玉问："妹妹尊名是哪两个字？"林妹妹便说了名，爱情在两个年轻人心中萌发，野焰烈火般印在心头，这是滴不尽相思血泪抛红豆。

　　春天最适合做梦，我梦见许多美好像春花如期而至。我还梦见，所有美好的文字都变成了一池青莲，而我驾一叶兰舟，在水中牧莲，收获满舟的青莲芬芳而归，池水清莲，青莲清我。春天最适合播种，有人说过，人在旅途，随时撒种，随时开花，即使有泪可落，却不是悲伤。这话像烛火一盏，火光灼灼，照亮了人们的心田，穿枝拂叶的行人，在春天播种，以汗水耕耘，走过夏天，便拥有了丰硕的秋。

　　走在春风里，看燕子掠过蓝天，我挥舞着手帕，轻轻地，轻轻地说，你好，春天。

窗外的风景

在乡村，我有一所房子，偶尔小住的时候，总喜欢推开窗户，看看外面的风景。

天气晴朗的时候，远望，我会看见那座山，在无垠浅蓝的天空映衬下，山似一缕悄无声息的黛青，绵延灵秀。有时，在急风劲吹的黄昏，则会看见那些流云，被风吹得像急速翻动的书页，在天际匆匆划过。而夜晚，一轮圆月悄悄地攀上了树梢，恰似一盏灯笼，将姗姗来迟的夜点亮。

俯首，则会看见别样的风景。村民侍弄的小葱，整整齐齐地排成方阵，好似遵守着乡村的礼仪，在来来去去的风中接受着检阅，看来，民间自有民间的民俗与传承；大白菜仰着阔阔的脸庞，微胖的身段，那是坠入凡尘的杨贵妃，化身为平民的模样，有着尘世的烟火气息。成片的棉花地里，白色的棉桃昂着一颗颗守望的头颅，骄傲地望着天空，在不动声色中，从泥土里翻种出暖暖的富庶。这些都是大自然赐给人类的礼物，在人与自然这样的对望中，一种和谐的情谊萦绕在心。

人烦恼的时候，需要看看窗外的风景，适时地放飞一下蜗居的心情。这样的倚窗一望，看山，看天，看一眼这田野的植物，心底就有了春色，多少的烦忧都抛在脑后。这样的观景，是在生命中开了一扇窗，为身体透气，心中是有着微微的欢喜的。所以，陶渊明有悠然而见的南山，梭罗有澄澈的凡尔登湖，高更有塔希提岛上的灯塔。这样的风景，是一种底色，是不因世道多舛或者偏见而丢失的生命的底色。

有人写过，你站在桥上看风景，看风景的人在楼上看你，景色与人从来都是两两相对，看来看去，人在风景里看到的还是自己。淡泊如陶渊明，采菊东篱下，悠然见南山，这样的赏菊，任谁都看出，他是以"任北风吹落，也要为后世留香"的苍菊自比；威武如曹操，看的是"水何澹澹，山岛竦峙"的壮丽景色，可是，在月朗星稀的夜晚，他发出的是无枝可依的喟叹，英雄也是寂寞的。舞榭歌台，残阳细雨，在才子佳人的眼里，看见的都是心中的离愁别恨。再比如"我见青山多妩媚，料青山见我应如是"，或者是"一树梅花一放翁"，这些诗句，与其说诗人看的是风景，不如说诗人在风景中看到了自己，归根到底，人最终面对的还是自己。

面对自己，其实就是面对灵魂，在我看来，美丽的灵魂与美丽的风景一样，都是能悦人的，美丽的风景悦目，高尚的灵魂悦心。一百多年前，有个决绝的女子，离家远游，一生都在刀尖上奔走，在沉沉的暗夜里呼喊，要以自己的力量撕开腐朽的铁幕，斩断封建的枷锁，让新生的中国挺直脊梁。但是，最终她失败了，临刑前的她，写下了"秋风秋雨愁煞人"的诗句，仍在为未竟的事业，为愚昧的民众感叹。还有那个出生富贵死于贫穷的曹雪芹，他跳出了茜纱轩窗，在食不果腹中用如椽巨笔写出了光照千古的《红楼梦》，让后人阅尽了其中的风花雪月、荒唐心酸。他们都是行走在天地间高傲的灵魂。回溯人类文明发展的历史长河，有无数这样的灵魂，为我们打开了一扇扇的窗，让我们看见了无数的风景，他们用生命演奏出金石般的声音，打开了人们日益禁闭的心扉，让人抬眼远眺万代，侧耳倾听千秋。

面对这些高洁的灵魂，我想，为生活奔波的现代人，有些恐怕已被名利压迫得丢了魂吧！

慢生活

　　搬了家，离市区的喧嚣很远，但离花草树木很近，离上班的地方也近。每天，睡到自然醒，起床，悠悠地对着镜子，理理花黄，找条中意的长裙套上，然后，上车，沿着江堤缓行，一路绿树掩映，近处鸟声在耳，远处江水荡起一片烟岚。

　　慢生活，让生活增添了乐趣。慢慢生活，是趣，是闲，是一杯下午茶，有着依山绕水般的清澈。慢，更是一种心境，是人归途中看见的落日，美而沉静，互相问候着对方一天的辛劳，两两相悦。读《儒林外史》，其中有一段是这样描写的，说的是两个挑粪的工人，完工后，一个对另一个说，咱俩先去永宁泉喝杯茶，再去雨花台看看日照再回家。此段描写，读之甚乐，生活压力再大，都没能让他们放弃善待自己，放弃享受慢生活的情趣。

　　散步是慢的好。初夏的傍晚，与至亲的人携手，慢慢地走过小树林，在草丛里寻寻小花朵，摘下一朵戴在胸前，人都是香的。看看桑树上，绿色的桑叶里一个个暗红的桑葚，分外喜气，想起小时候爬树采桑的光景，满心欢喜。路过一丛金银花，身边的人摘下数朵，递过来说，你最近上火，用金银花泡茶喝很好。这样的慢，不仅让人闻见花香，也让人心安。

读书也是慢的好。周日的午后，品一壶香茶，摊开一本书，凝神注目，在故纸堆里，看别人的江湖情仇，悲欢离恨，观三十年河东又河西，而我只在岸边观望，潇洒自处。或者丢下书，慢慢地写写字也是好的。倚窗而坐，手持墨块，慢慢地研磨，墨香盈怀时，提笔落毫，看笔尖一寸寸地吐出墨色，游走成字，铺陈纸上，朗朗悦目。笔与人似，像作茧自缚的蚕，无数挣扎，只为化蝶翩飞的一瞬，当窗外的光已由明转暗，纸上的字向我展露欢颜，快乐像叶尖上顶着的露珠，一颤一颤的，晶莹剔透。

恋爱也是慢的好。有人说爱情是杯美酒，在我看来，这酒是由一腔的不舍，满怀的思念，十分的爱恋，经过时间的发酵，慢慢地酝酿而成的，饮下，牵挂就搁在心头，生生不休。当然，这酒再美再醇，不可饮得太快，太急，否则醉了，吐了，那就是一片狼藉，是不可收拾的难堪。好酒，需慢慢地饮，去品，微醺就好，那时节看她，是满心欢喜看红颜，处处惹人怜。常常，时间像把烈火，将很多的美好熬成了渣子，但是，总有一些美好会留下来，那些走过年轻，走到皓皓白首的执手相伴，都是在光阴的烈火中淬过，慢慢地沉淀的美好，似金子，在岁月的深处熠熠发光。

旅行也是慢的好。有人说，旅行是对庸常生活的一次越狱，人于看山临水中，放松被琐碎所累的茫茫思绪。一方水土养一方人，而"养"字，在我看来，就体现在当地的美食上了，而这是需要花时间去慢慢品尝的。去成都，不去茶馆里吃它三天，怎知生活可以悠闲得像风那么轻呢？去了苏州，不去品尝它的梅花糕酸梅酒，听它一场《惊梦》，怎能明了它烟波画船游丝醉软的媚呀！心灵决定旅行的深度，只有慢下来，才能品味出经岁月沉淀所散发的悠长韵味。

曾经，在丽江，同行的人问当地一个老人，你的生活节奏这么慢，你不急吗？老人回答，人这辈子就是从生到死，那么急为什么？当时，闻者皆笑。这老人虽是偶遇的行人，却也算得上红尘的知音，她用最简朴的语言揭示了最真的道理，慢生活，才能更好地感受生活，多好。

怜取眼前人

　　晨起，看见阳台上的格桑花开了。

　　这是一种单瓣花，薄薄的花瓣，淡淡的粉色，微微俯首，微风拂过，像蝴蝶振翅，抖落的都是对光阴的眷念。这种花原本开在青藏高原，与本地的花风格迥异。江南的花是婉约派，未开之时，花瓣层层叠叠，紧锁成一朵花蕾，像满腹心思似的，在阳光雨露的耐心劝慰下，才慢慢敞开心扉，层层绽放。而格桑花则是花中昆仑派，以快取胜，当开则开，全无半点犹豫。如此，这花像极了那些外表柔弱却内心坚强的女子，爱着那个人时低眉顺眼，一旦被辜负，决绝起来，薄薄的花瓣就变成了刀片，干净利索地斩断过去，坚信十步之内必有芳草。所以，它的花语也是那么特别：怜取眼前人。

　　怜取眼前人，这句话读起来有那么一点温柔和懂得。这温柔，是流水携着落花静静流淌；这懂得，是失去夏日热情的寒蝉嘶声。崔莺莺被始乱终弃后，元稹出于愧疚，有一次想来见她，崔莺莺写下了"还将旧时意，怜取眼前人"的诗句婉拒，过去的已经过去，曾经深情于心，但绝不纠缠于外，还是去怜惜身边的人吧。这是崔莺莺的好，如果不能得到爱情，那也不用怨言玷污过去的美好，而这样的好，像一座山，压在元稹的心里，令他终身无法释怀。

佛说，勘破放下自在。的确，人必须学会放下，才能得到自在。而格桑花怜取眼前人这句花语，就有忘记过去，用心感受眼前人和事的意思。旧时的月色虽美，但是，它映照的是回不去的断壁残垣，是白色的丝巾泛黄，让人不忍回看。旧时的记忆很醇，但是，它似旧日的华服，上面虽描花绣朵，但拿出来终究是过去的款式，与现今的风格格格不入，无法上身，只有叠一叠放在箱底，锁上，若再去开启，则摸的一手锈迹，满心不堪。

在我看来，揪住过去不放，是将光阴浪费在回忆中，遥想未来，是将未来依托在虚空中，还是活在当下踏实妥帖。去怜一怜身边的人吧，煮他爱吃的菜慰劳他的胃，别人家臂弯里的夫君，位高多金与己无关。行走时，向遇见的每一朵盛开的花致敬，那是一个生命对另一个生命的问候，佛不是说，万法皆生，相遇即缘吗？无论是快乐还是遗憾，时间的河水终究会流向下一个渡口，有人在此离别，有些事在此转向，适时放下，才能发现眼前，也有千峰如黛，海阔天长。

如果用格桑花来比喻一个人，那么，仓央嘉措是最恰当不过的了。在高原上，格桑花与风撕扯，美丽与凌厉过招，这种纠结恰似仓央嘉措的纠结，他的心也夜夜在佛界和红尘里撕扯。这个年轻人夜会情人，他带着无限的爱穿过黑夜去寻她，穿过所有的等待去见她，为她，他幻想红尘佛法两不误，他想不负如来不误卿，然而，终究事发被囚。囚禁中的他写下了，"留人间多少爱，迎浮世千重变。和有情人，做快乐事。别问是劫是缘"。说到底他终是不悔，因了这场怜爱，世间少了个传经送佛的高僧，却留下了一个似水柔情的诗人，而那些诗也抚慰了多少爱的忧愁。毕竟，爱情如茶，人人都爱品尝，是人总会被这爱情的茶苦上一阵子的。

逝水年华，人生的许多美好，最终都会在流年中渐渐渺渺，活在当下，以怜取眼前人的心态，去承受世间的种种，痛也好，乐也罢，这些感受都会一点点浸润内心，有点凉意，也有喜悦，滋养着人越活越薄的岁月。

彩色厨房

如果要用色彩来比喻一个家，那卧室一定是蓝色的，幽幽的，像梦，一串串的，似泡泡，飘浮在夜里，月朦胧鸟朦胧，醒来，看见了天光，恍惚中不知身在何处。

而厨房，它一定是彩色的。紫巍巍的茄子，黄澄澄的南瓜，绿色的毛豆静卧在毛嘟嘟的豆荚里，有那么一点怜惜自己的意思，还有红艳艳的甜椒，亭亭玉立的水芹等。这些植物，似娇俏的女孩子，鲜嫩逼人。但是，它们最终都会被火炽热的情怀收服的，乖巧地偎在瓷碟中，再不以色招摇，而是以质利人了。如此，这简直就是一出植物版的爱情故事，再没心没肺的女人，遇到了真爱，也低了眉，收了心，退出了江湖，隐在了青峰之后。

还有食物的香味，是挡也挡不住的。那香，如月色漫过山林，倾泻而下，淋漓地漫过人的嗅觉，诱惑着人的味蕾，催生了人的唾液，还有那胃，像一个皱缩的丝绸袋子，渴望着用美食去熨一熨，才服帖舒坦。孟子说过，君子远庖厨，那是哲学家的认识，像我这等凡人，觉得女子还是要入厨的，在这活色生香的厨房，指点菜蔬，挥斥锅碗，那才叫活得潇洒呢！

入厨通常都是欢愉的。用清亮亮的水将菜蔬洗净，然后，用炒锅、炖锅将它们变成美味，当鲜美的气味飘浮在厨房里，那愉悦的心情是抑制不住的。听吧，成熟的排骨在炖锅里发出了呼噜声，油焖茄子发出了娇嫩的呻吟，干锅包菜滋滋地在呼唤，西湖豆腐羹发出咕嘟咕嘟的窃笑。看吧，红烧江鲴舒展着它浪里白条的身段。这时，该准备餐具了，不是说才子配佳人，美人配英雄吗？好的食物还得相宜的餐具来配。红烧江鲴一定要盛在描花青瓷的瓷盘里，剪一根葱星星点点地撒上，衬着鱼身上的红辣椒片，光这看相就已经很醉人了，这绿是江堤上的柳色点点，这红是长河落日的粼粼波光，如此，这样的美食都不忍下口了。

有时候，我觉得，心境有时像一根绳索，能绑架人的烧菜习惯，不同的心境下，偏好的口味也是不同的。厨房的岁月有时也与人生岁月相契合，渐渐地，都会从浓烈的红烧岁月迈向平实的清淡时代。

裙裾飘飘的青葱年华，总是喜欢做红烧的菜，爱它浓烈的味道，爱它色彩油亮的外形，连青菜都要红烧。尤其是爱做红烧肉，佐上蒜苗、青椒或者是扁豆等，加上酱油煮，红润油亮，也有些许绿色掩映，视之则胃口大开。人生之初，也是这样吧，只爱这花红柳绿，拼着初生牛犊不怕虎的劲头，在人生的道路上奔跑，似长空飞翔的鸟儿，或者大海游动的鱼儿，激越昂扬，不知疲倦。

随着岁月的增长，经历了很多事，心态也趋于平实，喜欢淡而又淡的味道了，时间久了，发现最滋养人的还是最简单的味道，最关心你的人是身边最寡言的那个人。连青菜都喜欢做清淡的了，将水烧开，倒入青菜，略煮，加油盐起锅既成，看一看，纤维细嫩，色青香淡，闻一闻，一丝纯净气息游离其中，而品味的过程，则有雨后初晴、绿柳拂月的宁静境界。

红烧也好，清淡也罢，有了彩色的厨房，人才活得那么妥帖安心。如果，让我选择一种食物与我日日相见，那我希望每天的清晨从荠菜煮蛋开始，我要固执地用结籽的老荠菜煮它，再撒几把结实的桂皮，并且随性地派去整片肉桂叶，再加上八角、五香粉断后，煮啊煮，煮出清香，犹似，我这纷杂热闹的人生。但是，这人生由我自己做主，很好。

千年岁月一碗茶

品茶，在于用心。手持一杯清茶，在细细的啜饮中，体会一种依山绕水般的清澈，感受人生有味是清欢的境界。

传说中茶最初是由神农氏发现的，据传神农氏有一个水晶肚，他在尝百草的时候，偶然发现有一种植物的叶子吃下后，能将五脏六腑洗得干干净净，于是，茶及其药用价值被发现了。陆羽的《茶经》就有记载："茶之为饮，发乎神农氏，闻于鲁周公。"由此可见，中国人的饮茶历史真的是非常悠久了。

综观茶史，在春秋以前，古代的人是直接将采摘的茶叶放入嘴里咀嚼的，吸取新鲜的汁液，用今天的话来说，是原生态的绿色的饮法。先秦时，茶被称为茶，是被当作药材来用的，到了西汉，才从药过渡为饮料，王褒在《僮约》中就写道"烹茶尽具，酺已盖藏"，反映了当时买茶、煮茶的情景。茶以后逐渐发展，到魏晋南北朝成为宫廷及官宦人家的待客之道，到了唐代，茶已进入寻常百姓家里，成为日常生活之物，白居易的《琵琶行》里，琵琶女自叙，其夫"前月浮梁买茶去"，从中可以看出，贩卖茶叶已成为商人的一种获利的手段，同时也说明当时人们饮茶已是蔚然成风。明清之后，茶出现了六大种类，并且，不同的茶有不同的饮法，而且，品茶的方法也越来越讲究，让人眼花缭乱。到了现代，生活节奏很快，但无论怎样，清晨的一杯茶是必不可少的，由此拉开一天忙碌的序幕，总之，中国人的生活与茶叶已是密不可分了。

茶叶种类发展的速度是惊人的，由最初传统的六类茶：红绿青黄白黑茶，到后来的苦丁清心茶，还有集时尚健身为一体的花茶，再加上开瓶即饮的茶饮料，可谓是层出不穷。茶叶的种类再多，也是要人去品的，不同的人因为性格体质的原因会去品不同的茶，而我是最爱花茶的。

花茶，亦称为熏花茶，香花茶，是用绿茶等茶坯和能食用的花，经窨制工艺而生产的。花和茶放在一起，茶吸花味，花增茶香，茶香花香交织在一起相得益彰，冲泡品茗，花香袭人，满口余香，让人心旷神怡。当然，花茶的种类是很多的，因为能入口的花实在太多，如茉莉、玫瑰、蔷薇、菊花、梅花等都可做花茶的原料，《茶谱》中就写道：诸花开时，摘起半含半放之香气全者，量茶多少，摘花为茶。花多则茶太香，而脱茶韵；花少则不香，而不尽美。三停茶叶，一停花始称。如此看来，花茶的制作是很讲究的，淡淡的一口花茶背后，也有很多的不容易。

我品过很多的花茶，如玫瑰花茶，这种花茶，一朵朵暗红的静卧着，好像满腹心思的样子，然而，在开水冲泡之下，那些花旋转着，缓缓地盛开，让人觉得，这已经不是一杯茶了，而是一朵朵玫瑰在诉说着它不曾怒放的委屈。我也爱喝金银花茶，入口后先是有微微的苦涩，之后是甘甜怡人，这是金银花茶的味道，可这不也是生活的味道吗？最爱喝的花茶是菊花茶，一提起菊花，就想起那句"人比黄花瘦"，一种很诗意的花，顺带地也喜爱上了菊花茶。用滚烫的开水冲下，那些干枯支离的菊花，一朵朵饱满地开着，在微黄的水里荡漾着，而香气氤氲而出，轻抿一口，爽心醒脑，此时，我是很羡慕这些菊花的，它们在盛开的时候被摘下，被历练，被珍藏，在赞赏的目光中，又重新吐露了一次芬芳，而人生的许多美丽只盛开一次，比如初恋，比如青春。

试想，找一个闲暇的时刻，泡一壶浓浓的菊花茶，把所有的烦恼统统抛在脑后，在细细的啜饮中，梳理一下自己的思绪，那是何等自在。或者，找两三个好友，围坐在一起，说一说过往的岁月，或者，什么都不说，就那么慵懒地守着一壶茶，看窗外的云起云落，岂不是人生的一大快事！

茶之味，在于用心去品味，只有这样才能领略其中的滋味。

不曾忘却的记忆

在人类发展的历史上，曾有过无数次的远征，然而，没有哪一次的远征能和红军进行的长征相比，红军战士闯关夺隘，披荆斩棘，用他们的双脚丈量胜利的艰辛，完成了人类历史上最不可思议的壮举，八十年后的今天，当我们再次回望那段历史，仍热血澎湃，感动不已。

历时近两年，转战十四个省，红军战士脚踩破烂的草鞋，翻越了高寒的雪山，渡过了谷狭浪激的河流，穿越了六百平方公里的草地。这样艰苦的跋涉，他们是饿着肚子，身着单衣完成的。还要和几倍于自己的敌人，用最简单的武器作战，一次次地流血，一次次地牺牲，硬是将一场悲壮的战略转移，升华为一部英雄主义的史诗，最终成为一座人类的精神丰碑。而抒写这部史诗的诗人，是那支战士的平均年龄不到二十五岁的红军队伍。

不能忘记，飞夺泸定桥的二十二名红军战士，那座悬空的泸定桥，凌空有三十米，河底的礁石似狼牙犬齿，身边是子弹交织的火网，如此的绝境，也不能阻拦勇士们前进的脚步，爬过了冰冷的铁索，冲开了一条生路，从此，那座横贯在湍急的河水之上的铁索，已化为一座无字的纪念碑。不能忘记，那个在长征途中，诞下孩子的红军母亲，为了省下战友每天喂孩子的一点青稞，一天清晨，她忍痛将孩子埋在了一条水沟里，当战友们知道后，都痛哭失声，听到这个消息的廖承志同志说，一定要为这个女红军战士画一幅画，然而，直到他去世，也没有画成，不是他忘了承诺，而是他一画到此处就泣不成声，无法落笔。其实，所有被母爱呵护过的人，听到这个故事都会难过。难道这个红军母亲心中无爱吗？不是，她是心中有大爱，爱她的战友，爱她的信仰。为千千万万个革命的后代，她牺牲了自己的小爱。这位可敬的红军母亲，面对你高尚的灵魂，天使都要垂下翅膀为你落泪，在记忆的天空里，你就是那颗最耀眼的五角星，燃烧照亮今天。不能忘记，那个在草地饿死的女战士，在牺牲之前，她脱下了军装整整齐齐地放在身边，留给缺衣的战友。有个诗人写过："我要醒来，我的战友，和你一起长征；我要抬着我自己，和你长征……再一次地流血，再一次地牺牲。"如果，这个红军女战士能够醒来，她会继续走下去的。什么叫视死如归？什么叫义无反顾？看看这些红军战士，就有了答案。这是一群不会害怕牺牲的人，也许，他们只有遗憾，遗憾自己的生命只能牺牲一次。

一个生命能承受多重的苦难？是什么力量使我们的战士，凭着血肉之躯，面对枪林弹雨交织的火网而永不言退？是什么力量使我们的战士，面对风霜雨雪的考验，奋勇前行，让胜利的路在脚下裂开，直达信仰的彼岸？答案只有一个，那就是坚定的信仰，支持着红军从胜利走向胜利，让星星之火在中国广袤的土地上得以燎原，最终锻造了一个人民的新中国。

长征虽然已经过去了八十多年，但是，长征并没有随着胜利的到来而被遗忘，它已沉淀为亿万中国人心中的集体记忆，而长征精神，也成了人们奋发向上、百折不挠、不断进取的精神源泉。

红泥小火炉

　　有些物件属于旧时代，被光阴怠慢，输给了新宠，但是，它们总是伫立在记忆的深处，等待人们在某个时候，开启昨日的门扉，唤醒一段过往，一切深情如昨，比如红泥小火炉。

　　一千多年前一个寒冬的傍晚，在大雪欲降之时，大诗人白居易向好友刘十九发出了邀请："绿蚁新醅酒，红泥小火炉，晚来天欲雪，能饮一杯无？"白居易的这首诗，读起来总是让人会心一笑。人都有这样的时候，渴望与一段光阴相遇，渴望与最亲近的人相遇，他可以是爱人，也可以是好友，执手相伴，将潜在内心的情感释放，卸下所有的负累，只是守着这一段静静的光阴，饮一壶岁月，品江湖风雨。

　　遍寻历史典籍，总有红泥小火炉温暖着那些旧光阴。清朝张岱在《湖心亭看雪》中写道："大雪三日……拥毳衣炉火，独往湖心亭看雪……到亭上，有两人铺毡对坐，一童子烧酒，炉正沸。见余，大喜曰：'湖中焉得更有此人！'拉余同饮。余强饮三大白而别。"这样的一场痴人相遇，自有一番喜悦，我想这样的喜悦，是来自发现了与自己心意相通的人。冬日雪地，万物寂寥，本以为只有自己，独自又烫一壶酒，将寂寞绵长入口，蓦然间，发现同道痴人，岂不喜悦。这喜悦，如无法入眠的夜，目光与天空的星星相遇，是蓦然看见的喜悦。张岱的冬日饮酒，冷辣心中虽豪情万丈，却又不动声色，只愿与这世界和解，再不多言，一切尽在杯中酒。而李渔的冬日小火炉，则是给日子锦上添花，他点上炉子，放在椅子下的抽屉里，用于取暖。这个雅人，没有忘记那些花，炉火也为花朵而燃，给月季取暖，给玫瑰驱寒，做护花的使者，跟花朵一道期盼来年的春华绽放，享受浮世里的一场清欢。

文人的小火炉是雅致和傲娇的，而寻常百姓家的火炉飘散的则是人间的烟火气息。记忆里的小火炉总是和冬夜联系在一起，寒风籁籁的夜晚，轻轻挥扇，想让炉火更旺一些，来温暖这漫漫的寒夜。炉中的炭，在流通空气的作用下，像是在呼吸，忽明忽暗，就像一个人心中藏着的一段暗恋，闷在心里，欲说还休，最终，心思成灰，倒掉也无人知晓。最有趣的是，在炉子上架起筷子，将团子或者山芋切成片铺上，用炉火慢慢烤，待有香气溢出时，拿起来轻咬一口，嚼一嚼咽下，让温暖的食物熨帖皱缩的胃，一股惬意涌上心头。最好是有雪的夜晚，烫上两杯热茶，和好姐妹拥衾围炉，叽叽喳喳说着悄悄话，聊到雪落无痕，聊到东方即明，那样的夜晚，是有香味的，将青葱少女的心染香，如清水养成的花枝，美丽娴静。

红泥小火炉曾经是百姓人家最寻常的生活用具，质朴简陋，它来自泥土，用烈火烧烤，脱坯即成，无色无釉，没有瓷器的温润质感，只披着被烈火烤过的外衣，以它最本真的面目示人，简单而古拙。然而，人们常说大拙即为大美，就像《诗经》，用简单的诗句表达人们最真挚的情感，像麦垛般结实。也像人生，走过繁华，人们最终都会删除那些繁花似锦，一直简单到极致，直达内心，过月白风清的日子。

菊酒夕照两相醉

在各种酒的名称中，有些酒的名字着实迷人，比如杏花春，有烟雨江南的风致，比如稻花香，飘散着水谷丰美的富庶……但是，我以为，酒名中最有意蕴最让人遐思翩翩的，莫过于"醉三秋"了。是呀，是什么让人一醉三秋呢？是"韶艳应难挽，芳华信易凋"的伤情落寞，或者是"拔剑思茫茫，散发弄扁舟"豪情难寄的寂寞，才使人长醉不醒的吧。

回溯历史的长河而上，人们总能在滚滚的历史烟尘中，嗅到酒的味道。最初，酒是用来祭祀的，据《礼记·表记》记载，周公"粢盛秬鬯，以事上帝"，可见那时的酒是高高在上的。但是，随着社会的发展，春秋战国时期，酒逐渐进入了政治生活，在祭庆赏赐等场合中，酒已成为必不可少的物件了。《酒谱》中记载："秦穆公伐晋，及河，将劳师，而醪惟一钟。骞叔劝之曰：'虽一米，可投之河而酿也。'于是乃投之于河，三军皆醉。"这一则"投酒于河以劳师"的故事，大概是战罢战场又上酒场的最早描述了吧。到了三国，酒彻底跌入了烟火之内的尘世，与人关系密切，被人平等相待，人们称酒为贤，清酒谓圣人，浊酒乃为贤人，酒即使浊，仍有贤人的称号相随，由此可见，那时的人对酒是很爱惜的。

被人爱惜，总有被爱惜的理由。西方有句名谚"酒中有真理"，看来是点透了个中的缘由。与之相对应的，中国人则直接点题，为酒起了一个更好听的名字"般若汤"。般若乃是梵文音译，为智慧的意思，酒为智慧汤。由此看来，人喝酒就是与智慧结缘了。而当酒与那些兰心慧质的文人相遇时，便会为他们笔下的文字平添一番豪气，即使那个吟唱"才下眉头却上心头"的婉约女子，也有了"东篱把酒黄昏后"的超脱和潇洒，也是文人的笔墨，赋予了酒万种的风情！

于是，酒，很淡泊。那个去官归园的陶渊明，面对环堵萧然、难避风日的陋室，依然满心欢喜，因为"携幼入室，有酒盈樽"，不做瑶池的锦鳞，甘为东篱下的残菊，即使吹落北风，也为后世留一抹盈袖的暗香。酒，也很豪气。李白"百年三万六千日，一日须倾三百杯"，他宏图难展，他不愿折腰低眉，他手持青锋三尺，豪饮杜康千杯，携清风几缕，邀明月入怀，就这样，朗月醉卧红尘，豪气震彻千古。酒，很书法。没有羲之醉酒，哪里有"遒媚劲健，绝代所无"的《兰亭序》。怀素酒醉泼墨，挥毫落纸如云烟，才有了神鬼皆惊的《自叙帖》。酒，很深沉。屡遭贬谪的范仲淹，虽有故园千里之外的寂渺，但是，他却用一生的襟怀忧国忧民，他赤胆忠心，在黑暗的夜里上下求索着远处的光明。他把酒临风，唱出了"先天下之忧而忧，后天下之乐而乐"的名句，并因此换得百世的倾慕，千秋的仰望。

虽说酒被文人捣鼓出很多的内容，但是，对大多数人来说，酒就是酒，是用来喝的，从古至今皆是如此，人们在品酒时，是能领会到酒的乐趣的。无忧、忘我、淡然，这些都是酒所能带来的，而愉悦则是我从此中得到的感受。每到秋天我总是要侍弄点酒的，比如酿点菊花酒。做法简单，用普通的低度白酒，洒上洗净的五色菊花，放上数块冰糖，密封发酵数月即可。闲暇时，在山衔落日的黄昏，握一杯这样的清酒，低头于杯口之上，闻花香袅袅，任清香满怀，我在品酒，花在观我，此景，应为"浸沉水，多情化作，杯底暗香流"。

陆游不是说过吗？闲愁如飞雪，入酒即消融。一箪食，一瓢饮的普通日子，就这样被过得青山绿水，人生如此，夫复何求！

无悔的检察情怀

——写在检察机关恢复重建四十年之际

掬一捧四十年流逝的光阴，采一束最饱满的麦穗，从脉脉的长江水舀来最圣洁的琼浆，承载着百万江城儿女的一片挚爱，我要依偎在你的怀抱，向你——我山水旖旎的祖国，诉说三十年不变的赤子之心，四十年无悔的检察情怀。

我们的胸前，庄严的国徽金光闪烁，那是烽火硝烟铸就的辉煌。伴随着共产党人追求自由的步伐，纷飞的战火中，何叔衡、董必武、刘少奇开创了检察事业，他们心中的正义是照亮检察事业起程的火把。还有一些伟大的名字与我们同行，检察事业初创时的项英、罗荣桓，为人民负责到底的赖荣光，追求真相永不罢休的滕代远，他们扶正祛邪的气魄，透过历史的烟尘，融入了新一代检察人的灵魂，进而书写出维护公平正义的人生。将生死置之度外勇斗歹徒的付玲玲，连续加班病倒在岗位上的白洁，执法为民的践行者方工，还有许许多多默默无闻奉献的检察人……共同承载着先行者的期望，走过了春夏，迎来了秋冬，历经风吹雨打，在没有硝烟的战场上构筑生命的辉煌，谱写着搏击邪恶的故事，谱写着维护公平的华彩乐章。

岁月流芳去，又是别样秋花红。1978年3月5日，检察机关迎来了新生，经过三十年的风霜雪月，三十年的风雨征程。数不清多少个黑夜白昼，多少个严寒酷暑，生命就在奉献中闪光……我们是卫士，为守护改革开放的累累硕果，曾举起利剑割掉腐败的毒瘤；我们是勇士，曾与犯罪分子拼死搏斗，将重重的危险抛在脑后；我们是正义的使者，曾用明察秋毫的目光，将公平正义的砝码拨正；有时，我们也是别人家的孩子，用温暖的话语和有力的臂膀，抚慰一个个鬓角苍苍含冤诉曲的老人；有时，我们又是别人的父母，张开怀抱，用爱去沐浴那些留守的娃娃。在共和国千千万万的检察队伍中，有时，我们只是一粒粒的沙，心手相连，铸就了共和国不败的钢铁长城；并肩而立，我们又是惩治腐败的金戈铁马。

四十年的光辉历程，四十年的峥嵘岁月，我们一次又一次的奉献，抚慰了一方又一方的百姓。选择了检察事业，有时就是选择了愧疚的生涯。多少次，我们头顶烈日出发，奔走于乡间田埂，将亲人期盼的目光丢在脑后；多少次，我们借着星光回家，只看见孩子熟睡的脸庞，相聚的日子很短，而无数个愿望的承诺总是被拉得很长很长。选择检察事业，有时就是选择了一种奉献。多少个夜晚，我们就是办公室彻夜未眠的灯光；多少个白天，我们就是奔走的匆忙步伐。为了心中那永恒的职责，我们一次又一次地送走黄昏，迎来黎明。选择检察事业，有时也就是选择了一种信仰。曾有过不耐清贫枯燥的寂寞，曾有过物欲迷幻的诱惑，曾有过花香迷眼的沟坎，而胸口的国徽，总能让我们的目光，坚定地朝向太阳升起的方向，无怨无悔。

采一束黎明最明媚的霞光，让我依偎在你的怀抱，向你——我山水旖旎的祖国，诉说我无悔的检察情怀。我们将坚定地守护你的平安，在每一个云铺霞染的晨昏；我们将忠诚地捍卫你的尊严，在每一个惊涛骇浪的日子；我们将践行公平正义的诺言，用法律的威严让胸前的检徽永远璀璨，谱写出"立检为公，执法为民"的不朽篇章！

｜ 腊月与正月

　　要论人与自然的和谐，没有谁能比得上中国的先人。就说这农历的月份，每个月都是有花来配的，杏月是说杏花烟雨的二月，荷月无疑是说莲叶田田的六月，而腊月又叫梅月，则指光阴到了蜡梅冷蕊吐香的十二月，正月则属于银柳插瓶头的柳月。腊月和正月，一花一柳，簪在岁月的门楣上，人处其中，回首岁末，身后有蜡梅的清香几许，遥望前程，越过正月，依稀看见杏花二月，桃红三月，一路春光，明丽芬芳。

　　腊月很忙。品过腊八粥的清香，人们迎接新年的脚步就迈得更快。在乡村，过年的气氛更隆重。腊月的乡村，空气冷冽，天空蔚蓝，虽然没有白雪飞舞，但是，空气中弥漫着各种香味。大红对联上的墨香，自家酿的米酒的醇香，蒸团子的清香，还有炸圆子的肉香。盼着过年的孩子，想着衣橱里已买好的新衣，就等着过年上身，那喜悦的心香，也是按捺不住。这些香气，在高高低低的屋檐上升起，氤氲缭绕，闻一闻，人间烟火，妥帖安心。

　　在南方，不论是乡村还是城市，过年一定要蒸蒸糯米的团子，炸炸或藕或肉的圆子的。这两样食物，过年时必不可少，一方面是便于储存，好在正月里享用，另一方面是取其谐音，团团圆圆，表达了百姓对生活的期许和祝愿。说到过年的美食，我最中意的是酒酿。酒酿在南方是寻常之物，做法也很平常，将糯米蒸熟，放进酒曲，密封储存，发酵数天，有酒香溢出即可食用。寒冬腊月的早晨，无论是在酒酿里卧上鸡蛋，还是喝上几口清冽的米酒，那味纯美甘甜，满口留香。

走过腊月忙碌的日子，正月则是手捧香茶，悠闲享受的样子。只是过了正月初七，对上班的人来说，这日子就难熬了，人回到了岗位，但是，心还在年里。当然，还是食堂的大师傅体贴人，准备了蒸好的红枣和白果团子，给人品尝，填补着人们继续过年的内心渴望。正月走到这会儿，人有种舒适的倦怠感，吃得累了，跑年跑累了，但是，即使如此，这样的自在舒适状态必须持续到元宵节，再按惯性滑行一段时间，过完整个正月，日子才会又抖擞起来。腊月和正月像是一双姊妹，她们亲密携手，让人们放下了一切的负累和焦虑，尽情享受自然与人情最和谐的一段光阴。

人与自然的和谐，是说人的生活理应和自然天地相契合，和着它的节拍发展。古人云，春生夏长秋收冬藏，在天地万物休眠的冬天，一切的欲望和计较也应随天地一起休眠，将心安顿下来，享受平时被繁杂世事所掩盖的和美人情，为新的一年积蓄力量继续前行，这也是年的魅力。

都说农耕文化发达的地区年味相对浓些，而在城市，年味是越来越淡，也许年味更适合在记忆中去怀想了。都说最深邃的情感是不思量自难忘，那些关于年的记忆，总是不自觉地涌上心头。每到除夕，我总是想起，父亲系着围裙，提笔落墨书写对联，而母亲做的什锦锅子，在炉火上发出咕嘟咕嘟的叫声，老母鸡已在砂锅里炖了一整天，里面加了香菇冬笋粉丝，当砂锅端上桌子，举起母亲酿的米酒抿上一口，那一刻，腊月和正月完成了交接，而年则被推上了高潮。这些回忆，最终汇成了一条小河，涓涓流淌，甜蜜温馨，带着来自生活的温柔和挫折，用一种缠绵悱恻的方式击中了我的内心。

与文字为伍

——写在《香草美人》出版之际

　　当我收罗自己的文字，想出版一本集子时，毫不犹豫地用了"香草美人"作文集的名字。

　　在屈原在楚辞里，以香草和美人来比喻高洁的品质，从此，香草美人就成了中华文学长河里的经典意象，所有一切高洁、纯粹的被人向往的美好，那些真善美都可以用香草美人来概括了。身处尘世，有个写字的爱好，用文字的芬芳熏暖光阴，铺陈一条路直达光阴深处，有香草美人在心中缭绕，徐徐不散，甚慰。

　　光阴真快，像美人的裙子，一扫而过。生命也很仓促，时光的手翻着岁月，就像翻着一本书，唰唰地就到了封底；当我们隔着时间的河流回望，寻找那些曾经的春花秋月、曾经的满心期待、曾经的迷惑困顿，都已成往事，如花瓣飘落，迷了眼睛。我们能否留住过去，每天我们和沿途的风景告别，和相遇的一切告别，怎样才能留下它们，哪怕只有一点一滴，成为心中不灭的记忆，窃以为，只有文字，文字能留住过去，能遥想未来，直至永恒。

在过去的很多年里，我与笔墨为友，用那些深深浅浅的文字抒发自己的情怀，用文字去会晤星月，感悟朝晖，捧读山川。当我用笔将自然的美凝固在文字里时，也是我将时间牢牢地抓在手中的时候。

同样悦心的还有无数个夜晚，万籁俱静中，我与文字结缘。柔柔的灯光下，那些素净的文字，在我眼里，是远去的汉宫秋月，是清越的高山流水，是雅致的唐诗宋词，让人心甘情愿地沉醉其中。有时，文字让人沉静深思，而后拈花一笑；有时，它大气雄浑，如惊涛拍岸的滚滚江水。有人说过，一花一世界，一草一菩提，读这些文字，如同将整个世界揽入怀中，也如同在生命中播种希望，播种夜行的光明，播种智慧的菩提。

无论如何，时间的河流终究会流向一个渡口，而我又如何去描画生命中另一段风景呢？我希望，能扬起有力的臂膀拥抱每一个幸福的港湾；我希望，能如一支蜡烛，于燃烧中驱走黑暗，而不能只是流泪；我希望，在稍纵即逝的日子里留下精美的记忆；我希望，在每一努力的背后，都能收获累累的果实。

愿我白发苍苍之时，还能手握一支笔，书写香草美人的世界。

赵文琴

二〇一九年二月二十八日